Illustration©Akira Hayase

Tiara Label

ティアラ文庫

魔界王子とプリンセス

吸蜜の契約

しみず水都

presented by Minato Shimizu

プランタン出版

イラスト／早瀬あきら

目次

※本作品の内容はすべてフィクションです。

世界はいくつもの層で構成されている。
最下層にあるのは、人間がいる地上界《ちじょうかい》。
その上に特別な力を持つ者が住まう、中空界《ちゅうくうかい》。

中空界は人間達から、天界《てんかい》もしくは魔界《まかい》と呼ばれている。
そしてそこに住む者達を、人間達は神や魔物と畏《おそ》れ敬っていた。

中空界の更に上にあるのは、天上界《てんじょうかい》。
死後の世界のことだ。
地上界の人間も中空界の魔物も、死ねば等しく天上界へと召される。
しかし、生きているうちは、地上界と中空界の者が交わることはない。
ごくまれに、力を持つ者が中空界から地上界へ下りてくる場合を除いて……。

序

「ねえ。呼んでいるわ」

地上界を映す鏡を覗き込んで彼女が言う。

「いつものことだ。放っておけ」

くだらないと思いながら身に着けていた黒いマントを外し、長い足を寝台に投げ出して寝そべった。艶《つや》のある黒髪を枕に広げて、ふうっと息を吐く。

「眠い……」

夜の宴に興《きょう》じすぎて、疲れていた。

今夜は中空界の春宵祭《しゅんしょうさい》。地上界から立ち上《のぼ》る浮かれた欲望の気を吸いながら、吟味《ぎんみ》された魂の新酒を堪能する日だ。

「少し飲み過ぎたかな」

まだ日の出には時間があるから寝るには早い。だが、あくびが止まらない。

中空界に生きる者達は昼に寝て夜に活動する。明け方近い今の時刻は、人間界では夕方に相当した。

「なあ。もう寝ようぜ」

相変わらず鏡を覗き込んだままの彼女に声をかける。しかし、彼女は背を向けたまま、金色の髪を持つ頭を動かさない。

(なにをそんな熱心に見ているんだ)

床に置いた円形の鏡は、部屋の中に池があるように見える。実際それは姿を映すだけでない。魔力を持つ者が覗き込めば、鏡の底にある地上界が水底《みなぞこ》にあるかのように見ることが出来た。

「とても困っているみたいなの……わたし達に助けてと、信号を送ってきているわ」

食い入るように鏡を見つめている。

「わざわざ俺達が助けにいくほどの価値はない。もっと下の者がなんとかするだろう」

再び放っておけと命じる。中空界の中にも階層があり、今彼らがいるのは上級魔族の住む最上階である。

「でも、ここまで救助要請の信号が届いているということは、下の者では助けられないほど大変なのよ」

金髪を揺らし、やっとこちらを向いた。青く澄んだ大きな瞳が、懇願《こんがん》するように彼を見つめている。

彼はその視線を、やれやれという顔で受け取り、寝台から身体を起こした。

「人間どもの小競《こぜ》り合いに力を貸したところで、いいことなどない。不愉快な思いをするだけだ。それにあいつらは俺達を……」

そこまで言うと、ふと気づいたように眉を寄せる。

「おまえ……人間の男に惚れたのか？」

寝台から下りて、つかつかと鏡の池へ向かう。

「違うわ。そんなんじゃない」

「どうだかね」

否定する彼女の横に立ち、鏡を覗き込んだ。

「なんだ。ずいぶんと爺さんだな」

年老いた白髪の男が殺風景《さつぷうけい》な石造りの部屋で、こちらに向かって必死に祈りを捧げている。自分はどうなってもいいから国を助けてくれと、何度も石台に頭を擦りつけていた。

「こいつはどこの王だ？」

男のいる塔の周りは、砲撃を受けていて硝煙が立ち込めている。時折鏡の中が揺れて見えるのは、砲弾が塔に着弾した震動のせいらしい。

「エミエルアという国です。小さくて古い国」

ふわりと肩を包む虹色《にじいろ》のショールの端を胸元で握り締め、跪《ひざまず》いて再び彼女は鏡を覗き込む。

今夜の宴でも、美貌と優雅な立ち居振る舞い、そして美しい魔力を披露した彼女の魅力的な姿に、大勢の魔族が見惚れたことを思い出す。

「そんな小さな国など助けても役には立たない、捨てておけよ」

大国が滅びて多くの魂が無駄になったり、地上界のバランスが崩れたりする変事なら介入する価値があるが、そうではないのだからと優しく諭した。

「でも……気になるの」

長い睫毛《まつげ》を伏せて、心配げな視線を落とす。

(なんでこんなに諦めが悪いんだ？)

彼女のその姿を見て彼は、苛《いら》つきと不安を覚えた。

「気になるとか、やめてくれよ。魔族は地上界に下りると、人間の異性に惹かれることがなぜか多いんだ。あんな下等な生き物に絆《ほだ》されるなど、あってはならない屈辱《くつじょく》的なことだぞ」

　むっとした顔で言う。

「人間に絆されたりしないわ」

「どうだかね。おまえは俺の婚約者なんだぞ。もしそんなことになったら、俺のメンツは丸潰れだし、祖父《じい》様だって黙っていないだろう」

　メンツよりもなによりも、自分以外の男に彼女を奪われたくないのだが、彼もまだ若いこともあり、素直にそれを口には出せない。

「ええ。大丈夫よ。だってほら、ご覧になって」

　彼女は細くて綺麗な指で鏡を示す。

「あの人はあんなに年老いているのよ？」

　異性として惹かれることなどないと笑う。

「あいつの王子や周りにいる若い男達、ということもあるからな」

　油断は出来ないと首を振る。

「それも大丈夫よ。あの人の王子は亡くなってしまっているわ。エミエルアには、流行《はや》り病《やまい》が蔓延《まんえん》しているみたいなのよ。可哀想《かわいそう》に、若い人たちからやられていて、家臣達もお年寄りばかりに……」

鏡が映す場所を王宮の方に移動させると、王と同じく年老いた家臣達が右往左往しているのが見えた。

(爺さんばかりだな)

もうこのまま滅びさせた方がいいのではないだろうか。今助けても、あの王国が永《なが》くもつとは思えない。無駄な助力になりそうだ。

しかしながら、自分の美しい婚約者は鏡に齧《かじ》りつき、どうしても助けたいというオーラを放っている。

「あなたの婚約者として、恥ずかしいようなことはしないわ。ちょっと下りていって助けたら、すぐに戻ってまいります。それにわたし、一度地上界へ行ってみたかったの。呼ばれないと下りられないのだから、これはいい機会でしょう?」

鏡の中を見つめて言った。

(どうしたものか……)

ここで無理矢理諦めさせたら、逆に禍根《かこん》を残しそうだ。

はーっと大きなため息をひとつついて、

「わかったよ。助けに行ってくればいい」

美しい婚約者に白旗を揚《あ》げる。

「本当！」

ぱあっと明るい表情を浮かべて鏡から顔を上げた。彼女の魔力が体内から放出され、部屋中がキラキラとした紫雲《しうん》に包まれる。

「助けたらすぐに戻れよ。出来れば俺が今夜目を覚ますまでにな……」

彼女の放った光の眩《まぶ》しさに目を細めながら命じた。

「ええ。もちろんよ！　ありがとう。行ってきます」

満面の笑みを浮かべて答えると、鏡の中へ飛び込む。

光の雲とともに、彼女の身体は地上界へと下りていった。

1　囚われの王女は淫魔と契る

王宮の中は、重苦しい空気に支配されていた。

エミエルア王国の年老いた王が、寝台《しんだい》の上で苦しげに呼吸をしている。二日前に突然血を吐いて倒れ、それ以来飲食を受け付けていないのであるが、まるで長期間床《とこ》に臥せっているかのように身体は干《ひ》からびていた。顔の肉はそげ落ち、閉じられたままの目は落ちくぼんでいる。

二日前まで精力的に国を治めていたのが信じられないほど、王の衰弱《すいじゃく》ぶりは激しい。大量の吐血のせいなのか意識が戻らず、呼びかけにもほとんど反応がない。王の命が長くないのは、誰が見ても明らかだった。

しかし、それだけは嫌だと王女のミルフィアは寝台に取《と》り縋《すが》る。

「お父様！　目を開けて、せめて水を飲んで下さいませ。お父様！」

明るいブロンズ色の髪を揺らし、必死に父王を呼び続けた。

「お願い。わたしのために元気を取り戻して！　お父様がいなければ、どうしていいのか何もわからないわ」

ミルフィアは大きな青い瞳を潤《うる》ませる。

年老いてから授《さず》かった王女はまだ若く、兄弟もいない。父王が突然倒れてしまった衝撃に加えて、ひとり取り残される心細さは大きく、周りに控える重臣達の表情にも不安の色が色濃く浮かんでいた。

ミルフィアも重臣も、侍女も下男も、部屋にいる国王以外のすべての人間が、元気になってくれとひたすら願い続ける。だが、王の意識は戻らず、回復の兆《きざ》しを見せることはなかった。

もう駄目かと誰もが思った三日目の朝。

「ミルフィ……」

王女の名を呼びながら王が薄く目を開いた。干からびた細い手を小刻みに震わせて、彼女に伸ばす。

「お父様！　気がつかれたのね」

王の手を握り、水を持てと家来に命じた。侍女が吸い飲みを手に駆け寄り、慌てて家臣達も立ち上がる。

王が食べられそうなものなどを運んでくるよう指示するが、それを制止するかのように父王は寝台の上で小さく首を振った。

「私はもう……駄目だ。命が尽きていくのが……わかる」

息を吐きながら切れ切れに告げる。

「そんなことを言ってはいやよ！」

ミルフィアが即座に否定した。

「年若いおまえを、ひとり、この戦乱の世に、残して逝《い》かねばならぬのは……まことに不安だ」

国王は苦しげに息をつくと、握られていない方の手を持ち上げた。

「私が死界へ旅立ったら、この指輪を東の塔に持って行きなさい」

「東の塔に？」

王宮には、東西南北に円筒形の塔が建っている。東にある塔は四つの中で一番太くてどっしりとしており、宝物庫《ほうもつこ》として使われていた。ミルフィアは以前、入り口付近にある儀式用具が置いてある部屋に入ったことがある。しかし、塔の上部は王家にまつわる神聖な場所と言われていて、国王以外の者が上ることは禁じられていた。

「塔に持っていってどうすればいいの？　あっ！」

父王の干からびた指から指輪が抜け、ミルフィアのふっくらとした瑞々《みずみず》しい手のひらに落ちる。

（重いわ……）

見かけよりもずしりとしていた。

「塔で……おまえを助ける者と……、母の秘密を、得ることができ……る……」

そこまで言うと、王の瞳から光が消えていく。

まるで、指輪とともに命も抜けてしまったかのように、指輪のなくなった手がぱたりと寝台に落ちた。

「お……お父様？」

指輪を握り締めて父王の顔を覗き込むと、つい今しがたまで生きていたとは思えないほどにその顔は乾燥し、深い皺《しわ》が顔から首筋まで無数に走っている。

エミエルア八世がこの世を去ったのは明らかであった。

「お父様あああぁぁぁぁ！」

ミルフィアの悲痛な叫び声が王宮の外にまで響き渡る。

晴れた朝なのに、なぜかあたりが暗くなった。王を亡くしたエミエルア国が、今後遭遇《そうぐう》する困難を暗示しているかのように……。

「これからどうすれば……」

重臣のひとりが茫然《ぼうぜん》としてつぶやく。他の者達も、そうだとばかりにうなずき、父王に縋るミルフィアを見つめた。

エミエルアは小国で、小高い山に囲まれた盆地のようなところにある。山の向こうにはエミエルアと同じくらいの小さな国や公国がいくつかあり、小競《こぜ》り合いをしたり友好を結んだりを繰り返していた。

ミルフィアが生まれる二年ほど前、小国同士の争いが激化する。武器や強い兵を持ち、多くの兵糧《ひょうろう》を携《たずさ》えた国が弱い国を侵略していった。

エミエルアは武器や強い兵を持っておらず、二年続きの飢饉《ききん》で兵糧も大してない。しかも疫病《えきびょう》が流行しており、大勢の人が倒れて苦しんでいた。当時の王妃と王子達も疫病にやられ、相次いでこの世を去ってしまう。

当然のごとく各国から標的とされ、エミエルアは侵略される側に回った。国境に巡らしてあった壁が壊され、三方から他国が攻め込んでくる。

あの時、誰もがもうこの国は駄目だと思った。あとは無駄とわかっていても神に祈るしかないと……。

しかし、祈りは有効だった。

エミエルア八世が祈りを捧げていた東の塔から、突然黒雲が沸き立ち、国全体を覆い尽くす。

黒雲は雷雲となり、山を越そうとした兵を落雷が吹き飛ばした。その後激しい豪雨が国境に降り注ぎ、川を渡って攻め入ろうとする者達を押し流す。敵兵は国境から一番近い街にすら辿《たど》り付けず、大勢の死傷者を出した。

なぜか国民に死傷者は出ず、害を被ったのは侵略者ばかりである。後に、嵐は国王の力だというまことしやかなうわさが流れた。

「エミエルアの王は魔王だ！」

魔物のような黒雲を操るのだからそうに違いないと敵は畏《おそ》れ慄《おのの》いて退散し、エミエルアは平和を取り戻したのである。

その後、他国から攻められることはなく、疫病の流行は収束し、作物も実《みの》って飢饉からも脱出した。

国内は安定し、国王は若い王妃を娶《めと》って王女を儲《もう》ける。

この平和と幸福は、国王陛下の力のおかげだと国民は感謝し、結婚と世継ぎの王女であるミルフィアの誕生を祝った。

そして、出産してすぐに王妃が病で早世したこと以外、今日に至るまでエミエルア王国が悲劇に見舞われることはなかったのである。

その、王国の守り神ともいえるエミエルア八世が亡くなったのだ。

ひとり残されたミルフィア王女だけでなく、重臣も貴族も国民も、誰もが不安を覚え、これからのことを憂《うれ》えた。


国王が亡くなって間もなく、事態が急変する。

「国境の東門が破られたそうです！」

城内に伝令兵の声が響き渡った。

外国の軍隊がやってきて、王国の国境に巡らせている壁の東門入り口を突破したという報告に一同が慄く。

「なんと！　もう攻めてきたのか！」

宰相《さいしょう》のギルディルが驚きの声を上げた。白髪を束ねた頭を振り、これほど早いとはと顔を顰《しか》める。

「そんな……まだお父様が亡くなられたばかりだというのに」

悲しみに沈む間も与えられず、ミルフィアは父王の遺体の側《そば》でうろたえる。

「西門の見張りからも伝書が届き、軍隊らしきものが近づきつつあるとの報告が入っております！」

次の伝令兵が寝室に隣接する王の間の入り口で告げた。

「西門にも？」

「デューダル公国が攻めてきたのではないかと」

宰相が厳しい顔をして王の間へ移動するミルフィアに説明する。

「デューダル公国とは友好条約を結んでいるのよ。それに、お父様とデューダル公はいとこ同士だわ。攻めてくるなんてありえない。き、きっとお父様のお見舞いにいらしたのよ」

そうに違いないと言おうとした王女の耳に、西側の窓から砲撃の爆音が届いた。

「きゃあっ！」

地響きとともに聞こえたそれに驚きながら窓辺に走り寄ると、西の丘陵《きゆうりよう》から弾薬の煙と思われる筋がいくつも上がっている。それを見て、大砲を携えて敵が押し寄せていることがはっきりわかった。国境の西門は東門よりずっと王宮に近いため、そこから土煙《つちけむり》が舞い上がっているのまで見える。

「そんな……本当に攻めてきているなんて……」

「陛下がご逝去《せいきょ》なされるのを国境で待っていたと、国防大臣が推測しております」

「待っていた？」

ミルフィアは信じられないという表情を浮かべて宰相を見た。

「デューダル公国が我が国の国土を手中にすれば、公国から王国へ格上げされ、近隣諸国への影響力が増します。しかし、今まで我が国は陛下の目に見えぬお力で守られておりましたので、攻め込まれなかったのです」

先ほどまで王女が外を見ていた窓に宰相も目を向ける。

「国を守るお力は、陛下のお命とともに消えてしまわれたようですね。雲が消えているのがなによりの証拠かと」

眩しげに空を見上げてつぶやいた。

「雲が消えている……？」

驚いて窓に向き直ったミルフィアは、いつもと違う空に目を見開く。

生まれた時からずっと、薄紫色の低い雲が国を囲むように漂っていた。紫雲は国外から飛んでくる矢や砲弾を弾き飛ばす力を持っていると言われていて、確かに今までどれだけ国外で戦《いくさ》が起ろうとも、この国に敵の弾が飛んできたことはない。

エミエルアの空にずっと漂っていた紫雲とその力が、父王が息を引き取ると同時に消えてしまったようである。

「あの雲は本当にこの国を守ってくれていたのね……」

敵方にもそれがわかったから、こうして攻めてきているのだ。

「でも、だからといってこんなにすぐに攻めてくるなんて」

悔しげにこぶしを握り締める。

「陛下がお倒れになられたことを知ってすぐに、ドルードラ国とデューダル公国は軍隊を派遣したようですね」

そうでなければこんなに早く国境の門を攻撃することなどできないだろう。デューダル公国からこの国までいくつか山を越さなければならず、早馬《はやうま》でも半日近くかかるのだ。

「ひどいわ」

即座に攻撃してくる相手の非情さに、憤《いきどお》りと恐怖を感じてミルフィアは身を震わせる。

「この事態をどう切り抜ければいいの？」

強い軍隊も強力な兵器も持たぬエミエルアは、紫雲という守りを失って丸腰状態と変わらない。

「とにかく姫様は東の塔へ行って下され！」

宰相は王女の右手に握られている指輪を示して言う。

「東の塔でどうしろと？」

手を開き、指輪を見つめながら問いかける。

「あそこには国を守る力を得られる何かがあるのです。陛下も姫様がお生まれになられる前に敵国から攻められ、窮地《きゅうち》に陥《おちい》った時にあの塔でその指輪を使われ、力を得て助かっております。姫様が行かれれば、おそらく陛下の時と同じように助かる力を得られるはずです」

そう言うと、宰相はルカを呼び付けた。

ルカは宰相の従者である。ミルフィアより二つ年上で、名門貴族であるミシル伯爵《はくしゃく》の弟だ。武術も勉学もぱっとせず、伯爵家は兄の子が継ぐことになっていたため、宰相の従者として仕えていたのである。

重臣や他の従者達は、やってきた敵に対処するためにほとんどが王の間から出てしまい、ルカしか残っていなかった。

小走りにやってきて、ルカは宰相の前に跪いた。

「よいか、おまえは姫様が東の塔へ行けるように手助けするのだ。私は歳を取り過ぎてあの塔を一気に駆け上がるのは無理じゃ。それに、陛下のご遺体を守らねばならぬ」

「はっ、承知いたしました！」

前髪を切りそろえ、両脇にくるりと耳の下で巻き込んだ金髪を揺らしてうなずく。

次に宰相は、ミルフィアに向かってルカと同じように膝をついた。

「姫様のお力で、なんとしてもこの国を助けて下され」

白くて長い髭が床につくほどに頭を下げる。

「わ、わたしに力などないわ」

そのような力についてミルフィアは何も聞かされていない。国を助けることなど無理だと首を振る。

「エミエルアの王族の血を唯一引かれる方が何をおっしゃるのです。いずれこの国を統《す》べることになるのは、お生まれになった時からおわかりだったはずです。お覚悟が足りませぬぞ」

宰相が厳しい口調で窘《たしな》めた。

「そうだけど……」

年老いていたとはいえ父王は数日前まで元気だった。それが突然倒れて、急激に状態が悪化し、亡くなってしまったのである。

ミルフィアは王位継承者としての教育を受けてはいたが、まだまだ先のことだからと、今日までのほほんと王女として暮らしていた。当然のごとく、心構えや国を統べる覚悟など出来ていない。

「姫様、とにかく東の塔へ行ってみましょう。ここにいても敵が襲ってくるのを待っているのと同じですから」

ルカが促す。

「でも、国境は警備兵達が守ってくれているのでしょう？　この王宮までだって、我が国の軍隊が……」

ミルフィアが最後まで言う前に、宰相が大きく首を振った。

「我が国には戦える軍隊も兵もおりませぬ。国境には不法入国者を取り締まる旅行者向けの警備兵のみですし、国内も国民生活を守る程度の兵だけです」

とりあえず国防大臣が向かっているが、率《ひき》いる兵の数はまったく足りていないという。

「どういうこと？　それでは内部の安泰《あんたい》しか守れないでしょう？」

国というものは内部を平定するのはもちろんだが、外敵からの守りや必要に応じて攻め込むための軍隊を配備しておかねばならないはずだ。そのくらいのことは、世継ぎの王女としてミルフィアも教えられて知っている。

「基本は内外ともに守りを固める軍隊を配備するのですが……」

宰相が苦い物を食べたような顔で答えた。

「陛下のお力のおかげで、今まで外敵に対する備えはほとんど必要がなかったのです。その分国内のことに財政も人員も使うことができました」

エミエルアがどの国よりも平和で幸福な暮らしができるのは、王の持つ特別な力で国を守ることが出来たからだった。

兵役や軍を維持するための重税などがなければ、人々の暮らしは他国よりもよくなるのは当然のことである。

「でも、もうお父様はいらっしゃらないのよ」

国内から兵を集めて訓練し、敵に向かわせる軍隊を作る余裕などない。

「ですから東の塔で力を授かって下さいませ！　姫様、どうかお願いいたします！」

宰相は更に深く頭《こうべ》を垂れた。

「力を授かるって、どうすればいいの？　わからないことはできないわ」

首を振って宰相の言葉を否定する。

「いいえできます！　ルカ、とにかく姫様を東の塔へ！　砲撃の音がどんどんこちらへ近づいておる」

ミルフィアの言葉など聞く耳を持たずという風に従者へ命じた。

「はいっ！」

ルカはミルフィアの手を握り、王の間の出口へ行こうとする。

「そんなっ！　まだお父様に最後のお別れもしていないのよ」

首を振ってミルフィアは拒絶した。

「ここは危険です。敵も近づいてきたらまずはこの部屋を狙ってくるでしょう。陛下のご遺体は私が責任を持って喪霊《もれい》の間にお運びし、柩《ひつぎ》に安置いたします。さあ姫様は急いで！」

「だけど、外に出るのは恐いわ！」

恐ろしげな爆音が聞こえてきている。あれらがもっと近くに来たら、東の塔へ向かう途中でやられてしまうかもしれない。

足がすくんで動けないと訴えるが、

「姫様、急いでいきましょう。僕がついていますから安心してください」

ルカが強引に引っ張った。引きずられるようにして王の間の外へと出される。

「いやあぁぁ！　お父様あ！」

ミルフィアの叫びが廊下に空しく響き渡った。

王宮は整備された庭園に囲まれている。

刈り込まれた芝が敷かれた庭園には、色とりどりの花で王家の模様が描かれ、鳥達が美しい鳴き声を響かせていた。鏡のように光を綺麗に反射する池や宝石のような水しぶきを上げる噴水があり、花のよい香りが庭一面に漂う。

この優美な庭に、今まさに敵国からの凶悪な砲弾が降り注ごうとしていた。

「姫様っ！　もうあんなところにっ！」

ルカの叫び声と重なるように庭の西側で爆発音がして、二人の足下にまで爆発の震動が伝わってきた。

「きゃあああっ！」

驚きと恐怖にミルフィアは顔を覆って叫ぶ。

しかし……。

「ひいぃいぃいぃーこわいぃいぃいぃ」

隣にいたルカは、ミルフィアよりももっと情けない声を上げて、地面にうずくまっていた。

「ル、ルカ？　何をしているの？」

「こわいこわいこわい。ヤダヤダヤダァァァ」

ガタガタと震えながら金髪の頭を抱えている。まるで、ミルフィアのことなど忘れてしまったかのように……。

「ね、ねえ、ここにいたら危ないわよ」

こうしている間にも庭園のあちこちに砲弾が飛来してきて、轟音《ごうおん》を響かせていた。

「でもでも、東の塔にたどりつく前に砲弾にやられちゃいますよ。ここにしばらくいましょうよ」

この木の陰なら爆風から身を守れると、ルカは木に縋りついた。

「い、今はいいかもしれないけれど、敵が近づいてきたら木の陰なんて目立つからあっという間に狙われるわよ」

砲弾は遠距離からだが、近距離になれば矢を射《う》ち込まれ、到達した歩兵から剣を向けられるだろう。

「それに、わたし達は急いで東の塔に行かなくてはいけないのよね？」

「そ、そ、そうですが、ひぃぃっ、また砲弾がっ！」

ほんの少し近くで爆発音がして、ルカは震え上がる。

「あなたはわたしの護衛でしょう？　砲弾からわたしを守りながら東の塔に連れていってくれるのではなかったの？」

王の間にいた時と立場が逆転しているではないかと訴える。

「ひ、姫様だけでいって下さい。僕はもう動けませんっ！」

木にしがみ付く。

「動けないって、ここにいたらもっと危険なのよ？」

「わ、わかって、ますけど……あ、足が……」

恐怖で動かないとぶるぶる震えながら訴える。

「困ったわね……」

覚悟が足りないのは自分よりルカだった。しかしその時、爆音とは違うドスッという音がミルフィアの耳に届く。音が聞こえた方向に顔を向けると、黒い鉄球がすぐ近くの芝生に落ちている。

（まさか……）

それには見覚えがあった。

新型兵器として外国で開発されたものだと、先月国防大臣であるミシル伯爵《はくしゃく》が父王に見せた書面に載っていたのと同じ形状である。

「ルカ！　鉄球爆弾《てっきゅうばくだん》よ！」

ミルフィアはルカの腕を摑んだ。

「て、てっきゅう！」

ミシル伯爵はルカの兄だ。鉄球爆弾のことについても知っていたらしい。その名を耳にして、顔を引き攣《つ》らせながら立ち上がった。

「池の裏側まで走るのよ！　さあ急いで！」

噴水のある池を目指して走り出す。

「ま、ま、まってくださいよ」

ミルフィアの勢いにつられてルカも走り始める。

二人は池の反対側へ回り込んだ。膝くらいの高さがある池のふちの陰にうずくまった時、とてつもなく大きな爆発音と爆風がミルフィア達を襲う。

「きゃああっ！」

「うわあぁーっ！」

鉄の破片が土石と一緒に飛んできて花を吹き飛ばし、木をなぎ倒した。

噴水の中に立っていた石像は倒れ、池に落ちて派手な水しぶきを上げる。石畳《いしだたみ》の道には穴が開き、火薬の焼け焦げた臭いと目に染《し》みる煙があたりを覆った。

美しい庭の一角が滅茶苦茶にされるほどの被害を受けたが、池の水と石造りのふちに守られたため、二人は髪の上部が濡れて少し乱れた程度で済んだ。

「なんてこと」

顔を上げたミルフィアの目に、破壊された庭と王宮殿に鉄球爆弾が打ち込まれていくのが目に入る。

爆発するとそれは大きな被害をもたらしたようで、宮殿内から大勢の人間の叫び声が聞こえてきた。

宮殿の窓には、大臣の誰かがおろおろしているのが見える。

（なんて情けないの？）

ルカだけでなく、大臣達や城に集まっていた貴族達もうろたえているだけだ。

「わたしの国には、守りの準備がまったくないの？」

これでは敵にやられるばかりである。

「なんとかしないと、このままでは国も宮殿もなくなってしまうわ……」

惨状を前にミルフィアは茫然とする。その時、手の中にある父王の指輪を思い出し、

「とにかく、縋れるのはこれだけということよね」

東の塔にいってみるしか今の自分にできることはないと思う。再び指輪を強く握り締め、塔がある方向の石段に目を向ける。

あそこを駆け上がり、右に折れている道を行けば塔の入り口に着く。通常ならなんていうことのない道だが、ここよりも高いところにある分狙われやすく危険だ。

すでに塔へ通じる石畳には砲弾の跡がいくつもついている。もしあそこを通っている間に被弾したら、命はないだろう。

「でも、行かなくてはここでやられるだけだわ」

（それに……）

宮殿で右往《うおう》左往《さおう》する臣下達をここから見ていて、あれではだめだと思った。相手に立ち向かうにしても守るにしても、誰かが陣頭に立って指示を出さなくてはいけない。

本来なら王がその役目を果たすのだが、王は亡くなってしまっていた。宰相は歳を取り過ぎていて、代理として陣頭に立つ体力はない。

「だからわたしがなんとかしなくてはいけなかったのよね」

せめて父の代理として国防大臣に指揮を取らせるべきだった。なのにおろおろしているうちに、大臣を国境へ向かわせてしまったのである。

とにかく、ここでくよくよしていても状況はよくならない。

「ルカ、さあ立って！」

「ひ、姫様？」

「東の塔へいくわよ」

「えええ、危険ですよう」

金髪を揺らして首を振る。

「ここにいたらもっと危険だとわからないの？　それに、この状況から助かる方法があるのなら、なんとしてでも東の塔に行かなくてはならないわ！　ほら、走って！」

嫌がるルカを引きずり、ミルフィアは宮殿の東端にある塔へと向かう。

幸い攻撃は宮殿を主に狙っており、東の塔へいく道への砲弾は少なかった。

「恐いよう。嫌だよう」

茶色い大きな目に涙を浮かべている。

「恐くても進むのよ。庭にいたらもっと恐い目に遭うのよ」

ルカを叱咤《しった》し、ミルフィアは塔へと気丈に向かう。

東の塔は太い円筒形でそれほど高さはなく、王国の財宝が保管されている。

「ここのどこに何があるというの？」

塔の中に入ったミルフィアは、貴金属で飾られた豪華な調度品や錦糸で織られた布地、歴代王族の絵や外国からの貢物、宝飾品、香水など、見知ったものしか詰まっていないそこを見て戸惑う。

「ひ、姫さま……あ、あちらに」

後ろでルカがしゃくりあげながら奥を指差した。

「向こうに？　あら、あの黒いのは」

上に伸びる石造りの階段が奥の壁際にある。その行く手は天井で、黒い鉄板のようなものが塞いでいた。

塔の上部には、秘宝や貴重な蔵書が保管されていると言われている。国王しか入ることが出来ないとされていて、どうやらそこへ通じる扉らしい。

「僕が押してみます！　ぐっ、うぅぅっ！」

階段を駆け上がったルカが、扉を押し上げる。しかし、真っ赤な顔で頭や背中まで使って押しても、板はびくともしない。

「鍵がかかっているのかしら」

それらしい鍵穴はない。しかし、ただの鉄板のようだがよく見ると、鉄板の真ん中に丸いへこみを見つけた。

「これ……」

明かりとりの窓からの光でははっきりと見えないが、父王から渡された指輪と同じ形をしている。

「きっとこれだわ」

急いで指輪をそこに入れてみた。カチッという音が響いてへこみにぴたりと嵌《はま》る。

「入ったわ！」

「ではもう一度押してみますね」

ルカが両手で押す。

「くぅっ、うぅーっ！」

再び顔を真っ赤にし、力いっぱい押し上げている。しかし、板は相変わらずびくともしない。

「だめねえ……」

長年開けることがなかったから、錆《さ》びついてしまっているのだろうか。どうしようと思った時、塔の近くで鉄球爆弾が破裂した音と地響きが伝わってきた。

塔全体がぐらりと揺れる。

「きゃあっ！」

ミルフィアが悲鳴を上げると、

「うわあぁぁぁっ！」

少し上で腰を抜かしたルカが倒れ込んできた。

「あっ、ルカ、だめよ！」

しがみつかれてバランスを崩したミルフィアは鉄板に手を伸ばす。しかし、そこに摑むような場所はなく、爪の先が先ほどはめ込んだ指輪に引っかかるだけだった。

指輪は外れ、ミルフィアの手も鉄板から遠ざかる。

「きゃあぁぁぁ――――っ！」

「ひゃあああぁぁぁぁぁ――――っ！」

手すりのない石階段の横に、二人の身体は指輪とともに落ちていく。

幸い、彼らが落ちたところに先々代の王が使っていた長椅子が置かれていたので、軽い衝撃で済んだ。

長椅子に溜まっていたホコリがもうもうと立ち込める中、

「けほっ、もう、ルカったら、どうして考えなしにしがみつくの」

咳き込みながら情けない従者を咎《とが》める。

「申し訳ございません、ごほっ、げぶっ、あ、ひ、姫様……姫様、姫様！」

ルカが咳き込みながらミルフィアの袖を摑んで揺らした。

「なあに？」

「ほら、開いてます！」

ルカが天井を指差している。

「えっ？」

頭を上げると、ホコリに煙《けぶ》る天井に四角い光が差し込んでいた。

「いつのまに開いたの？」

再び階段を上っていくと、ぽっかりと四角い穴が開いている。どうやら、指輪を嵌めて外すと開く仕組みになっていたらしい。そして、下から押し上げるのではなく、横にずらすように開けなければならなかったようだ。

「こういう仕組みだったのね」

つぶやきながら横に落ちていた指輪を摑んで立ち上がった。

「いくわよルカ」

四角く開いた穴に向かって階段を上り始める。

「姫様待って下さいぃ～」

情けない声を出して後を追ってきた。

塔の外からは相変わらず砲弾の音が響いてくる。ここにはあれらから救ってくれるものがあるのだ。

いったいそれはどんなものだろうと期待を胸に上ったが……。

「なに？」

その部屋は、下にある豪奢《ごうしゃ》な物品が詰まったところとは雰囲気が一変していた。

塔の外側と同じ石組みの壁と床という殺風景な作りで、部屋の中央に筒状の石台がぽつんと置かれているだけである。

他には何もなく、明かりとりのため上部に開けられているたくさんの細い穴から差し込んだ光が、石台に集まっていた。

「これだけ？」

首をかしげながら台に近づく。

「暗いですね」

ルカが窓を塞いでいた板をひとつ外した。部屋の隅々まで見えるほどに明るくなったが、秘宝や蔵書などどこにもない。

しかし、

「ねえ見て！」

腰の高さくらいしかない石台の上面に、花びらのような幾何学模様《きかがくもよう》が彫られているのがわかった。

真ん中には見覚えのある穴が開いている。天井の入り口を塞いでいた鉄板と同じへこみだ。

「ということは、この指輪をここに入れるのよね？」

握っていた指輪を形に合わせて入れると、鉄板の時と同じようにカチッと嵌る音がした。

しかし、何も変化は起きず、

「また同じように外せばいいのかしら」

と指輪を取ってみる。ルカとともにしばらく石台を見つめるが、

「……」

「……なにもないですね」

期待するようなことは何も起こらない。

「国を救ってくれると言うのはこのことではないの？」

助かるような要素はどこにもなく、外の騒ぎばかりが大きくなっていく。

「あああぁぁぁどうしようぅぅぅぅ」

ルカが絶望的な声を上げてしゃがみ込む。ここでこの情けない従者とともに自分も終わりなのだろうか、とミルフィアも台に手をついてうなだれた。

その時！

「あ、姫様、台のここがっ！」

しゃがみ込んだルカが叫ぶ。見ると、石台の側面にある切れ目のようなところに指を入れていた。

「えいっ！」

ルカが力を込めると石の板がぱかっと外れて、台座の中から巻き物が転がり出る。

「これは？」

拾い上げた巻き物には、エミエルア王家の紋と八を意味する蔓草《つるくさ》が組み合わさった紋章がついていた。

「まあ、お父様の紋章だわ！」

急いで開いてみる。

『ここに、妻デルアが我がエミエルア王国を救い、娘ミルフィアを授かった記録を記す』

そこには、ミルフィアの母親と出生の秘密が記されていた。

エミエルア八世が即位して二十数年後。王国は周りの国とのいざこざに疲弊《ひへい》し、衰退《すいたい》の一途をたどっていた。不作と疫病が王国に追い打ちをかけ、国王の初めての王妃と王妃の産んだ王子達も疫病にやられて亡くなってしまう。

軍事力を補強せねば攻め込まれてしまうのだが、財力は尽きており貴族達も無気力で、国民の士気も低下していた。

そしてついに他国から攻め込まれた。

そもそも、弱小なエミエルアがこれまで存続して来られただけでも奇跡だったのである。滅亡する日が来たのだとエミエルア八世は悟り、習《なら》わし通り東の塔にある代々の王の肖像へ助力の祈りを捧げにいく。

するとそこで、上階への隠し扉に気づいた。王家に伝わる指輪で扉が開き、先祖の秘密を知ることができたのである。

「先祖の秘密？」

巻き物を更に読み進めようと開いたら、中から古びた羊皮紙がハラリと落ちた。ルカが拾い上げるが、

「昔の飾り文字で僕には読めません」

勉強不足ですみませんとミルフィアに渡す。

「これは……」

王女として王家に伝わる古文字の読解教育も受けていたミルフィアは、紙に書かれている内容に顔を顰めた。

「なんて書いてあるんですか？」

「我が国は危機に陥ると……魔族に助けてもらっていたと……」

「魔族！　そ、そ、それって、恐ろしげな力を使って物を動かしたり人の肝《きも》を絞って飲んだりする魔物のことですよね？」

驚いてルカが大声で質問する。

「肝を絞って飲むとは書いてないけれど、不思議な力を持っていたのは確かみたい……」

だから父王が生きていた頃は王国の周りを紫雲が取り巻き、外敵から守られていたのだ。そして、魔族を呼び寄せる方法と魔界へ戻す方法が紙片に記されている。

巻き物の方には、エミエルア八世が呼んだ魔族のことが書いてあった。

魔界からやってきた魔族はデルアという美しい女性で、魔力で外敵から国を守ってくれた。王妃を失っていた王はデルアと恋に落ち、魔族であることを隠して王妃にする。

年齢差があり相手は魔族であったが、翌年王女のミルフィアを授かった。国も安定し、このまま幸せに暮らせると思っていたのだが……。

外敵を倒して国の守りに力を使っていた王妃の魔力は急激に低下していく。このまま人間界にいたら二、三年で魔力を失い、消えてしまうかもしれない。

せめてミルフィアが大きくなり、新たな魔族を呼べるぐらいに成長するまで魔界から国を守る力を送り続けると、王妃は魔界に戻っていったのである。

「ひ、姫様には肝を絞る魔物の血が……あわわわ、す、すみません」

「わたしの母は突然の病で亡くなったのではなかったのね……」

初めて知る母親の正体と、自分の出生の秘密に驚いた。そしてこの身体に魔物の血が流れていることにぞっとする。だが、今はそれを思い悩んでいる暇はない。とにかく迫りくる国の危機を救うために魔物を呼び出さねばと巻き物を読み進める。

『台座に指輪を嵌めて呪文を唱えると、魔界にいる魔族がやってくる。時には醜悪《しゅうあく》な姿をした、人間を食らう恐ろしげな魔物が現れたりするので注意するように。呼び寄せた魔物を魔界へ戻すには、終了の呪文を唱えればいい。ただし、終了の呪文を唱えると指輪の輝きは失われ、光を取り戻すまで十五年間は使えない』

と、注意が記されていた。

「醜悪な姿をした、人間を食らう魔物……」

ぞっとした。

（もし助けてほしいと呼び出した魔物がそのようなものだったら……）

「へ、変なものを召喚《しょうかん》しないでくださいよう」

ミルフィアの読み上げた内容にルカが震え上がる。

「い、言われなくても……わたしだって嫌だわ、そんな化け物……」

小さい頃に乳母《うば》から、悪いことをしたら魔物がやってきて食い殺されると言われた。

『醜くて恐ろしげな風貌をした魔物は、人々を苦しませることがなによりも好きなのじゃ。もしそのような魔物に取り憑《つ》かれたら、生きたまま食われて、心の臓が止まるまでものすごく苦しめられるのじゃよ』

だからいい子にしていろと言っていた乳母の言葉が脳裏によみがえり、ミルフィアはぶるっと背中を震わせる。

醜悪な魔物に食い殺されるのは嫌だ。

「でも、このままではわたし達はすぐに……」

殺されてしまうかそれに近いことになるだろう。国は滅ぼされ、重臣や貴族も投獄されたり死刑にされたりし、国民もひどい目に遭うに違いない。

周りの国々での争いの状況と結果を聞かされていたので、敵に制圧されたら王族や臣下だけでなく、民も魔物に食われるのと大差ない苦しみを味わわされることになるのを知っていた。

どうせ破滅しか待っていないのならば、万が一の確率であっても魔物の助けに縋ろうではないか。

「もしかしたら、お父様が出会われたお母様のように、助けてくれる優しい魔族の女性が来てくれるかもしれないわ」

ミルフィアはルカに自分の考えを告げた。

「でも、でも、魔物なんて……恐ろしいですぅ。も、もし、出てきてすぐに肝を食べられてしまったらどうするんですかあ」

ルカはまたしても半泣きになっている。

「それはあると思うわ……。だからルカ、おまえにも協力してほしいの」

「きょ、協力なんて、ぼ、ぼくできませ、せ、」

ぶるぶると震えながら首を振った。

「だめよ。これだけはきちんとやってね。わたしがここに指輪を置いて魔物を召喚するけれど、もしそれが肝を食べるような醜悪で恐ろしげなものならば……」

ミルフィアは覚悟を決めたように、ひとつ大きく深呼吸をする。

「わたしが魔物に食べられている間に、ルカは指輪を戻して終了の呪文を唱えるのよ」

「終了?」

「ええ。呼び出された魔物は、仕事を終えると戻ることになっていると書いてあるわ。どんな状況でも、指輪をここに置いて終わりの呪文を唱えれば、魔界に戻るみたいよ」

「わ、わ、わかりましたけど、姫様が食べられてしまうのですかあ。嫌ですぅ」

更に強く首を振って訴える。

「では、ルカが代わりに食べられてくれる?」

ミルフィアの言葉を聞いて、ひっ、と喉の奥を鳴らしてルカは硬直した。

「え……え……ぼ、ぼ、ぼく、く、は、は、は、はい、そ、そうで……です」

臣下であるのだから、姫の代わりに魔物に食べられる役を担《にな》うのは、当然のことである。そうしなければならないとルカもわかっているのであるが、恐怖でどうしても承諾の言葉が出てこない。

「はぁ……」

もともとこの従者が頼りになるとは思っていなかった。一応聞いてみただけである。ミルフィアは諦めのため息をつきながら、

「おまえを代わりにするつもりはないわ。だからせめて、指輪だけはちゃんと戻して終わりの呪文を唱えるのよ」

二つ年上とは思えない情けない男に命じる。

「う……う……うん」

ルカは赤い顔で半ベソをかきながらうなずいた。

「それではいくわね」

終わりの呪文をルカに教えると、ミルフィアは台座に指輪を嵌めて召喚の呪文を口にする。

「われをたすけよ、われのねがいを叶えよ、われのもつもので、おまえののぞむものを与えようぞ」

書いてある通りに読み上げると、指輪を台座から外した。急いで後ろに控えるルカへ渡す。

しかし……。

「……」

「……」

いつまで経っても何も起こらない。

またしても予想外なところから現れるのかと周りを見渡すが、外から砲弾の音が鳴り響き、足元が震動している以外、塔の中に変化はない。

「ひ、姫さま……」

「何か起こったの？」

「い、いえ、こちらは何も……。それより、外がっ！」

言われて窓に目を向けると、騎馬の大軍団が旗をはためかせながらこちらに向かっているのが見えた。

「あの青地に星模様の旗はデューダル公国のものでは……」

窓枠に手を突いて、茫然とつぶやく。

「そうですよ。デューダル公国の旗です」

隣に来たルカが肯定《こうてい》する。

攻めてきたのは他の国であってほしいと願っていたので、がっかりするとともに憤《いきどお》りを覚える。

「友好を結んでいたのに、砲弾を撃ち込みながら攻めてくるなんて、ひどいわ」

「星の下に剣が描かれてます。デューダルのオデム公子軍です！」

「オデム……」

名前を聞いてぞっとする。

オデムは好色で有名な公子で、ミルフィアのはとこだ。

まだ二十代前半だというのに、後宮には側女が十数人いて、国内外の美女を集めて淫《みだ》らで享楽的なことに耽《ふけ》っていると評判である。

正妻の座は空いていて、ミルフィアをそこに欲しいと数年前に申し入れされたが、エミエルア王国の世継ぎの王女なのだからと当然断った。すると、デューダル公国と合併してオデムが王になってやると言い出す。

もちろんそのようなことを承諾するはずがない。しかもオデムは、ミルフィアが幼少の頃からなにかと身体に触れてきて、いやらしい言葉を囁いてくるような男なのである。格下の下衆男《げすおとこ》と結婚して国を合併するなど、絶対にありえない。

オデムの父であるデューダル公も失礼な申し入れをするでないと息子を叱ったので、それ以来求婚してこなくなりほっとしていた。

その誰よりも嫌な相手が、騎馬軍の先頭を切ってこちらに向かってきている。

オデムの嫌みったらしい茶色の巻き毛が肩のあたりで跳ね、兜《かぶと》の上につけられている大層な羽飾りが揺れていた。

窓から見ていたミルフィアに気づいたのか、手にした剣を振り上げる。いかにもこれからおまえを打ち落としてやるぞという勢いだ。

（あああ……）

絶望感がミルフィアを襲う。

オデムの軍はあっという間に塔を取り囲み、中へとなだれ込んだ。

「王女がいたぞ！　捕まえろー！」

先陣が塔の上まできて、ミルフィアを見つけて叫ぶ。下から兵達が砂糖壺《つぼ》を見つけた蟻《あり》のように上ってきて、ミルフィアを押さえ込んだ。

「きゃあっ！」

「ひやあああああっ！　姫様ああああ！　うぐぐっ！」

大声で叫んだルカは口を塞がれる。

「ここで大人しくしていろ！　おい、殿下をお呼びするんだ」

兵長はミルフィアを座らせて後ろ手で縛り、縄を台座に括《くく》りつけた。


「久しぶりですね。ミルフィア姫」

塔に上ってきたオデムは、茶色の巻き毛を指に絡めながらゆっくりとミルフィアに近づいてきた。

薄笑いを浮かべた顔からは、邪《よこしま》なことを考えているのがありありと感じ取れる。

ふんっと横を向くけれど、顎《あご》を摑まれて強引に顔を前に戻された。

「挨拶《あいさつ》もしてくれないとは、私をお忘れか」

「わたしに触らないで！　お、お父様が亡くなった途端攻めてくるような者に、知り合いなどおりません」

顔を振り、オデムの手から逃れて気丈《きじょう》に言い返す。

「おや。生意気な。まあいい。やっと王が死んで、こうしてあなたを手に入れることができましたからね」

くすくすと茶色の髪を揺らしながら笑う。

「やっと死んだですって？」

聞き捨てならない言葉に目を剝《む》いた。

「今までは攻め込もうとすると紫雲に弾き飛ばされ、歯がゆい思いをしましたよ。エミエルア八世の命とともに、紫雲が消えてくれるのを待つしかありませんでした」

怒るミルフィアに顔を近づける。

「お父様と紫雲の関係を知っているの？」

自分が知らないことを知っているオデムに驚く。

「もちろんですよ。私の父はいとこですからね。この国の事情には通じています。まあ他国にも情報はすぐさま流れますけどね」

だからこうして他の国も攻めてきているのだと笑った。

(知らなかったのは娘のわたしだけってこと？)

ルカに問いただしたいが彼は口を塞がれているし、なによりこの場面でそのような余裕はない。

「とにかく、紫雲がなくなれば、あなたとこの国を手に入れることなど容易《たやす》い」

くっくっくっと喉の奥から気持ちの悪い笑い声を発した。

「あ、あなたの妻になど、なるものですか！」

気丈に言い返すも、台座に縛り付けられている状態ではどうにもならない。

「妻？　まさか捕虜のくせに私の妃《きさき》になれるとでも？　そりゃあ、紫雲のある頃は結婚でもしないと手に入れられなかったから、そのような申し入れをしたけどねえ」

再びミルフィアの顎を摑んで上に向けた。

「もう面倒な手順を踏む必要はない。この国は私のものだしあなたは捕虜《ほりよ》だ。これからは後宮で私を愉《たの》しませる女のひとりになるのだよ」

「いやよっ！」

こんな男の後宮に入るなど、承知できるはずがない。即座に拒否したミルフィアへ、オデムは憎々しげに片頰《かたほお》を上げて笑った。

「断るなら裸で板に張り付けて、国中を引き回したあとに処刑しますよ。エミエルア八世を殺したという罪名にすれば、国民も納得するでしょう」

オデムがとんでもないことを言う。

「わたしはお父様を殺してなどいないわ！」

即座に言い返す。縛られていなければ横っ面を張り倒してやるのにと思う。

「ふん。罪などいくらでもねつ造できます。なにしろ私がこれからここの支配者なのですから」

「卑怯者！」

なじったミルフィアの顔を、オデムは目を剝いて見下ろした。

「私にこんなことをさせたのはあなたです。あの時求婚を受け入れて、私をこの国の王にすればよかったのです」

こんな事態を招いたのはミルフィアのせいだと言う。

「本来ならば重罪人となるところを、私が恩情をかけて後宮に入れてやるのだ。ありがたく思え」

くっくっくっと笑った。

「ひどい……」

精いっぱいの非難を込めて睨《にら》んだが、オデムはそれすらも嬉しそうな顔で受け止めている。

「なんとでも言えばいい。戦に勝った者がすべて正義となるのだ。そして負けた者は罪人となる」

そこまで言うと目を細めた。

「私に命乞いをした方がいいぞ。裸で引き回されたのちに手足を切り刻まれるような処刑を、受けたくはないであろう？」

残酷な内容を口にしながら、口の端を上げてミルフィアに顔を近づけてくる。

（裸で手足を切り刻まれる……）

慄くミルフィアの唇に、下品に緩んだ唇が接近してきて、あと少しというところで止まった。

「あなたから服従を誓うのだ」

オデムの後宮に入り慰《なぐさ》み者のひとりになる承諾を、口づけすることで示せと言う。

裸で国中を引き回され、手足を切り刻まれるのは嫌だ。でも、この男のものにもなりたくない。

しかしながら、どちらかを選ばなければならないのだ。

（ああ……）

究極の選択をミルフィアに突き付けたオデムの顔が、更に近づいてくる。

「ひ……」

背筋に悪寒《おかん》が走った。

「さあ、私のものになると誓え」

オデムの吐息と鼻息が顔にかかってぞっとする。たまらないほどの嫌悪感を覚え、拒絶する気持ちが爆発的に膨《ふく》らんだ。

あと少しでオデムの唇が触れそうになったところで、ふわふわとしたミルフィアのドレスが翻《ひるがえ》り、

「いやぁ——っ！」

可愛らしい靴を履いた足がオデムの下腹部に向かって蹴り上がった。

「ぐおぉぉーっ！」

大きな声を上げてオデムが跳ね、後ろに吹っ飛んでいく。ぐるりと取り囲んでいたデューダルの兵士達にぶつかって床に落ちた。

「な、なんだっ！　王女のくせに男並みの力を持っているのか。生意気な上にお転婆《てんば》な女だ！」

これはイチから躾《しつ》け直さなければならないなと、兵士達から身体を支え起こされながら喚《わめ》いた。

（な、なに今の？）

ミルフィアはオデム以上に驚いている。力いっぱい蹴ったとはいえ、縛られて座らされていたのでそれほど力を入れられなかった。なのに、もし兵士達がいなければ塔の石壁に激突していたと思われる勢いで、オデムが飛んでいったのである。

起き上がったオデムは再びミルフィアに近づいてきた。

「後宮では手足を鎖で繋がなければならないな。それからじっくり私の女になるよう躾けてやろう」

飛びかからんばかりの勢いで襲いかかる。

「きゃあっ！」

オデムの勢いに驚いて再度足を上げると、ほんの少し顎に触れただけで相手は上を向いて石の床に倒れた。

ごんっ！　と鈍い音が塔の中に響く。

「くっ！　なんという……」

後頭部を押さえて呻いている。

「殿下！」

駆け寄ってきた兵達に上体を助け起こされたオデムは、怒りで真っ赤になっていた。自慢の巻き毛ロールは乱れ、額には青筋が走っている。

「こやつ！　一度ならず二度も私を足蹴にしおって！」

上品な物言いはしていられなくなったらしい。立ち上がると怒号を発した。

「来ないで！　また蹴るわよ！」

どうして簡単にオデムが吹っ飛ぶのかはわからないが、とにかく効果があるのなら使わなくてはと思う。

「くそっ。私は三度も同じ目に遭わされるようなバカではない。おまえらこの女の足を縛ってしまえ！」

オデムが命じると、今度は兵士達がミルフィアに近づいてくる。

「わたしに近寄らないで！　誰であろうと容赦なく蹴るわよ！　そ、それに、おまえ達もオデムなどに仕えて恥ずかしくないの？」

ミルフィアが投げかけた言葉に、

「う……」

先頭の兵士が息を呑んで足を止めた。

「わたしを無実の罪に陥《おとしい》れようとしていたのを聞いていたでしょう？　この男は卑怯者なのよ。こんな者に仕えても、いずれ裏切られるだけだわ」

「そ、それは……」

困惑の表情で兵士達がざわめき、顔を見合わせる。

「おまえら何を惑わされておるのだ！　早くこの女の足を封じろ！　さっさとやらないと処刑するぞ！」

オデムが激昂《げっこう》して叫ぶ。

「は、はいっ！……っ、ぐあぁっ！」

慌ててミルフィアに駆け寄った先頭の兵士は、振り上げた爪先に当たってあっけなく飛ばされる。次に近づいた兵も同じく飛ばされた。

「うぬぬ。なにをやっているのだ！　女ひとり捕まえられないとは」

巻き毛を振り乱して立ち上がると、腰に差していた剣に手をかけた。金銀の飾りが豪奢に施《ほどこ》された鞘《さや》から、ギラリと光る両刃《りょうば》の剣が姿を現す。

「思い知らせてやる」

青筋の走る紅潮した顔に乱れた前髪がかかり、目を吊り上げたオデムは恐ろしげな表情になっている。服につけた羽飾りを揺らして歩いてくる姿は、まるで魔界の残酷な王子のようだ。

(殺されるかも……)

大きな目をいっぱいに見開き、迫りくるオデムを見つめる。すぐさま剣でミルフィアの首を切り落とさんばかりの剣幕だ。

(でも、それでいいのかもしれない)

後宮でこんな男の性奴《せいど》にされて辱《はずかし》められたり、屈辱的な処刑をされたりするのなら、ここでひと思いに殺された方がいい。

そう思い至ったミルフィアは、オデムを睨みながら覚悟を決めた。

「ふん。命乞《いのちご》いをしないのか」

鼻先に剣を突き付けて問う。

「お、おまえのようなへたれに、わたしが切れるものか」

オデムを煽《あお》るように侮辱《ぶじょく》の言葉を投げつけた。怒り心頭に発して自分を切り捨てさせようと思う。

しかし……。

相手は予想以上に狡猾だった。

「ええ。切れませんよ。ここで獲物を殺したり傷つけたりしたら、詰まらないからね」

片頬を上げて笑うと、ミルフィアの眼前にあった切っ先を横にずらす。兵士らに拘束されているルカに向けた。

「んぐぐぐっ！」

ルカは向けられた剣を見ると、目が落ちてしまいそうな程に大きく見開き、口を塞がれた喉の奥から呻き声を発する。

「代わりにこの小僧を切り刻んでやろう。まずは目をえぐり出すか、それとも手足から切り落とすか……」

「ぐ――……っ！」

オデムの言葉を聞くと、くぐもった叫びを上げてルカが暴れる。しかし、縛られた上に兵士から押さえつけられているので、ほとんど動けず声も出ない。

「やめて！　切るならわたしを切りなさいよ。この、こ、腰抜け！」

普段使ったことのない乱暴な言葉を必死に投げつけた。

「腰が抜けているのはこいつのようですよ。くくっ、削《そ》ぎ落としやすそうな耳をしている。まずはこれにするか」

ルカの左側頭部に剣を当てる。そのままｽうっと撫でおろせば左耳は切り落とされてしまうに違いない。

「んーっ！　んーっ！　んんんーっ！」

めいっぱい目を見開いてルカが呻き声を上げた。

「やめてええええっ！」

ミルフィアも叫ぶ。

二人の様子を見て、オデムは満足そうな笑みを浮かべた。

「私はこれでも優しい人間ですからね。最後にもう一度聞いてあげますよ」

剣をルカに当てたまま振り向く。

「大人しく私にかしずくなら、この者の処刑はやめてやろう。さあ、どうする？」

オデムは駄目な男だが、デューダルの刀研《と》ぎ屋は優秀らしい。ルカの頭部にある剣から、とてもよく切れそうな光が放たれていた。

ほんの少し力を入れただけで、ルカの耳は頭部から離れてしまいそうである。

（なんと卑劣な……）

父が亡くなってすぐに攻め込んできただけでなく、家臣を盾にしてこの国の王女である自分を辱めようとしていた。

「……」

突き付けられた選択肢に怒りがこみ上げ、悔しさに唇を噛み締める。オデムはミルフィアだけでなく、エミエルアの国と国民すべてを冒瀆《ぼうとく》しているのだ。

(許せない。こんなやつに屈するものですか！)

オデムの要求を突っ撥《ぱ》ねるのは、自分自身のプライドだけの問題ではない。まだ戴冠式《たいかんしき》も何もしていないけれど、父王亡きあと自分がこの国の王である。国民を代表して拒絶という抗議の意を示さなければならないと思った。

どのような方法で殺されようと毅然《きぜん》として受け入れ、エミエルアの誇りを知らしめてやろう。それに、ルカだってエミエルアの国民であり家臣だ。貴族としての誇りを守って死ぬのだから本望だろう。

強い気持ちで拒絶しようと決心する。

しかし……。

「んーっ！　んんんっ！　んぐぐぐぐっ！」

ルカから助けてくれと訴えるくぐもった声が聞こえてきた。顔には必死の形相が浮かび、ガタガタと震えている。

残酷な死を受け入れる覚悟は、ルカにはまったく出来ていないようだ。

「ルカ……」

見るからに哀れな様子に心が痛む。

ルカは宰相に仕える前、小姓としてミルフィアの遊び相手をしていたこともあった。幼い頃から身近にいる存在である。そんなルカを見殺しにすることがミルフィアには出来そうにない。

それに、このまま抵抗し続けて二人とも惨殺されることが、果たして国王として相応しい選択と言えるだろうか。

せめてルカだけでも助けて、オデムのこの卑劣な行いを国民に伝えてもらう方がいいのではないかと考えた時、

「わ……わかったわ……」

頭の中にひとつの案が閃《ひらめ》く。

「ん？　やっと従う気になったか」

「い、今までの非礼をお許しください」

憤死してしまいそうに悔しい気持ちをぐっとこらえ、ミルフィアは縛られた不自由な姿のまま頭を下げた。

「突然素直になったたな。こんな軽い脅しで屈するとは、やはり女だけあるな」

オデムは嘲笑《ちょうしょう》を浮かべる。

(どこが軽いのよ……)

表情には出さず、軽いのならおまえの耳を切り落としてやると心の中で毒づいた。

「あ、あなた……さまの、後宮に入らせて……いただきます。どのような身分でも構いません。す、素直に従いますので、ひとつだけお願いがございます」

顔を上げてオデムを見つめる。

「お願い?」

片眉を上げてミルフィアを見た。

「そこにいる臣下を含めて、国民をこれ以上傷つけないでやってください。デューダル公国の支配を受け入れ、協力するようにいたしますゆえ」

ミルフィアはプライドを守るより、臣下や国民のために自分の命や身体を使うことに決めた方がいいと考えたのである。

「ふむ。おまえとこの国を手に入れるために来たのだから、素直に従うなら無益な殺傷《せっしょう》はやめてやってもいい」

ルカに当てていた剣を引き、ミルフィアの方に移動する。

「では先ほどの非礼に対する軽い罰も含めておまえの本気を測ってみるかな」

「え……ひっ！」

胸の谷間に切っ先を突き入れられた。

「動くと怪我をしますよ」

つっと剣を手前に引き、ドレスの胸元の布を切られる。

「きゃあっ！」

布の中に閉じ込められていたミルフィアの乳房が、縛《いまし》めを失って外に飛び出た。

「ほう。なんとも美味《おい》しそうな」

白桃のような乳房が露わになり、オデムは舌舐めずりをしながら眺めた。

レースで出来た胸飾りのフリルが引っかかっているので乳首は隠れているが、ドレスは谷間の下側まで切り開かれたために、触れられたら難なく外れてすべてが露わになるだろう。

「く……うっ」

ミルフィアは生まれて初めて経験する卑猥《ひわい》な屈辱に、やめてと叫びたいのを必死に我慢した。ここで自分が素直に従うなら、臣民は助かるのである。

オデムだけでなく、周りにいる兵士達も興奮の眼差《まなざ》しでミルフィアを見つめていた。ゴクリと喉を鳴らす者までいる。さすがにルカは押さえつけられたままの姿で目を逸らしていたが、他のすべての男達の視線が集まっているのを感じた。

(あああぁ……恥ずかしくて死んでしまいたい)

でも、このあともっと恥ずかしいことをされるはずで、これはまだまだ始まったばかりである。

「どれ、手触りを確かめてみるか。もし先ほどのように抗《あらが》えば、即座にこいつをドレスと同じ目に遭わせるからな」

脅しをかけながらミルフィアの胸に手を伸ばした。

(ああ、いやだわ……)

オデムの左手が右の乳房を掴もうとしている。こんな男の手に触れられるところなど見たくないと目を閉じた。

しかしながら、

「……?」

嫌な男の手はいつまでもミルフィアの胸に到達しない。

(なに?)

目を開けると、乳首のほんの少し前でオデムの手が止まっていた。人差し指など、今にも胸に触れそうなほど近い。

「オデム？」

怪訝《けげん》な面持ちで名を呼ぶが、オデムは下卑《げび》た笑みを浮かべたまま動かない。周りのざわめきも消えていて、見回すと兵士達も突然時間を止められたかのような中途半端な形で固まっている。

ルカも横を向いたまま微動だにせず、動いているのはミルフィアだけだ。とはいえ縛られているので制限つきだが……。

（いったい何が起きたの？）

外から砲撃の音が聞こえてくるので、止まっているのはここだけのようだ。もしかして自分はあまりにオデムが嫌で気を失い、今は夢の中にいるのかもしれない。

ああそうだわ。きっとそうに違いないと思おうとした時、

「ふっ……」

後ろから笑い声が聞こえた。

（誰かいる）

自分以外に動いている者の気配がする。いったい何者だろうと、不自由な身体で首を回して後ろを向く。

「……ひっ！」

ミルフィアは驚いて息を呑んだ。

自分が括りつけられている台座の上に、真っ黒い塊が乗っている。よく見るとそれは、烏の羽のような黒い布を全身に巻き付けた黒髪の男だった。

胡坐《あぐら》座で台に腰を下ろし、ミルフィアを見下ろしている。

腰のあたりまである長くて艶やかな黒髪。髪と同じ色の深みのある瞳。通った鼻筋《はなすじ》と形のよい唇を持つその男は、これまで見たこともないほどの美貌を持っていた。

「あ……なた……は?」

ミルフィアの問いかけに、男は軽く顔を顰める。

「呼ばれたから来たのだ。おまえが俺を呼んだのだろう?」

不機嫌そうに言い返された。

「呼ばれ……も、もしや魔物……?」

慄いてつぶやくミルフィアに、男は呆れたように首を左右に振る。

「魔物と称されるような小物ではない。魔族だ」

ま、ぞ、く、ともう一度言葉を切って告げられた。

(魔族ですって?)

ということは、やはり魔界から来たものに間違いはない。しかし、魔物と呼ばれるのは不本意のようだ。

「わ、わたしが呼んだから……あなたは来たの？」

恐る恐る問いかける。

「当たり前だろ。呼ばれなければ来られないからな。おまえはミルフィアか？」

「え、ええ。わたしはこのエミエルア国の王女でミルフィアよ。あなたの名は？」

自分の名を口にした魔物に驚きながらも聞き返す。

「俺はサリハ。上級魔族だ」

腕を組み、忌々《いまいま》しげに答えた。

（上級魔族？）

エミエルアの身分制度に上級貴族というのがあるが、それと同じように位の高い魔物なのだろうか。サリハの偉そうな態度を見ると、どうもそんな気がする。

「オデムが動かなくなったのはあなたのせい？　わたしを助けてくれるの？」

「ああ。邪魔だからこいつらの動きを停止したのは俺だ。だが、おまえを助けるかどうかは、……交渉次第だな」

「交渉ってどういう？」

「武器を買うのに金がいるのと同じように、魔力を使うには支払いが必要だ。それをおま

えが払えるかどうかだね」

傲慢《ごうまん》な口調で言い放つ。

「わたしが……なにを払えばいいの？　お金や財宝ならこの塔の宝物庫にあるものを好きなだけあげるわ！」

下にいく出口を視線で示して告げた。

「魔族にとって金や財宝など価値も魅力もない。価値があるのは人間の魂や肝などだ」

（魂か肝ですって！）

顔を引き攣らせたミルフィアを見て、

「魂は極上の宝石だ。肝は食べると美味《うま》い」

サリハはぞっとするほど美しい笑みを浮かべて言う。

やはり人を食うのだ。

（魂を取られたり肝を食べられたりしたら死んでしまうわ）

ミルフィアはぶるっと身体を震わせた。

（でも……）

ほんの少し前には死を覚悟したたし、死にたいほど屈辱的な行為を受け入れようとしていた自分である。

いやらしくて卑劣なオデムの慰み者になるのなら、魂や肝を取られて死んだ方がずっといい。それで国を助けてもらえるのなら、願ってもないことだ。

「わかったわ……では、わたしの魂をあなたに支払うから、国と民を助けて」

肝を食べられるというのはとても痛そうなので、魂を抜かれる方で頼んでみる。

「あいにく魂の宝石はたっぷりあるんだ」

これ以上はいらないと、サリハは手のひらの上にキラキラとした丸いものをたくさん浮かばせた。親指ほどの大きさをした輝く透明な玉の中に、青や赤の光が見え隠れする変光玉で、これが人間から抜き取った魂なのだと説明される。

魂と言うものを初めて見たけれど、それをゆっくり眺めていられる余裕はない。

「では……わたしの肝を……。あの……生きたまま食べるの？」

震えながら質問する。

「肝は生きたまま食べなければ不味《まず》い」

（やっぱり……）

恐ろしさに卒倒してしまいそうになったが、ここで倒れても魔物に食べられて終わってしまうだろう。

取り引きを成立させて国を守ってもらわなければいけない、とミルフィアは気丈に意識

を保ち、

「わかっ……」

「でも肝もいらない」

必死の思いで告げようとした言葉を切られた。

「このところ争いが多いからか、助けてくれと魔族を呼び出す呪文を魔界に送ってくる者が後を絶たない。うんざりするほど肝を食べたので、この先百年はいらないんだ」

「そんな……」

精いっぱいの覚悟が無駄になるような答えに茫然とする。

「だから呼び出されても無視していたんだが……」

と、サリハは台座から腰を上げ、ひらりとミルフィアの横に降り立つ。

「魔界の鏡で眺めていたら、興味深い展開になったので下りてきた」

「え……?」

すらりとした長身のサリハを見上げて首をかしげる。

「俺は上級魔族の中でも上位にいる。それはどういうことかわかるか?」

「い、いいえ……」

何を言いたいのだろうと思いながら首を横に振った。その時胸が揺れて、かろうじて乳首を隠していたレースの胸飾りが外れそうになって焦る。縛られているため外れないように押さえることが出来ない。

サリハは焦るミルフィアを見て薄く笑い、

「下等な魔物は魔力も単体で弱いが、魔族は様々な力を複合で持っている。そして強い魔力を数多く持っているのが上級魔族だ」

言いながら、ミルフィアの胸のすぐ近くで止まっているオデムの手首を摑んだ。

「俺の中には人の精気《せいき》を吸う魔がいて……」

摑んだ手首を向こうに押しやりながら放す。オデムの身体が手を伸ばした姿勢のまま、鈍い音を立てて塔の床に転がった。

「それがおまえの精気を吸いたいと欲したんだ」

床のオデムを一瞥《いちべつ》すると、ミルフィアに視線を戻す。

「わたしの精気を……吸うと？」

魂を抜かれたり生きながら肝を食べられたりするより、精気を吸われる方がいいのだろうか。それとも悪いのだろうか。

「それはどうやるの？　痛かったり苦しかったりするの？」

ミルフィアの質問にサリハは片眉を上げた。

「痛くも苦しくもないよ。やり方は色々あるが、この男がしようとしたことに近いな」

「近いとは？」

オデムのしようとしていたことは自分を陵辱するということである。まさかと慄いていると、

「そこからおまえの精気を吸う」

長い指先でミルフィアの乳首を指した。

「吸うって……あなたまさか……淫魔……？」

こんなところから精気を吸う魔などそれしか考えられない。

「人の世界ではそう呼ばれているね。よく知っているな」

と笑っている。

「淫魔に……敵を倒す力なんてないでしょう？」

いやらしい行為をして精を吸い、逆に精を注いで人を支配する魔物だと聞いたことがあった。

「単体の淫魔は下等な魔物だから人は倒せないが、俺は淫魔の力も持つ上級魔族だからね。精を吸えばここにいる奴らを片づけることなど楽にできる」

ふんっと偉そうに止まったままの兵達を見回す。ミルフィアもつられて周りを見た。

確かに、こんなに大勢の動きを止めたままにするには、かなりの力が必要だろう。サリハにはそれなりの力があるに違いない。

でも、昔から淫魔は信用のならない魔物だと言われている。いやらしい行為で人を支配し、破滅に導くのが彼らの仕事なのだ。ここで自分がサリハの言うことを受け入れたら、自分を辱めただけで逃げてしまうかもしれない。

「あ、あなたに助けてもらいたいけれど……信用することができないわ」

身を任せて弄《もてあそ》ばれた挙句《あげく》逃げられたらたまらないと訴えた。

「俺を下等な単体の淫魔と同じにするな」

むっとして言い返される。

「それならば試させて。そこのオデムをここから追い出してみてくれる？」

上級魔族だと偉そうに言うのならこのくらい軽いはずだ。そしてオデム一人退治できないのなら、やはり淫魔なだけあって大した力はないということである。

「ああいいよ。では俺にもおまえを試させろ。精気が不味ければ即刻魔界に戻る」

と、ミルフィアの胸に手を伸ばしてきた。

「えっ！　や、やだ、やめて！　わたしに触れる前にオデムを退治してよ！」

触ろうとしているサリハの手から逃れようと身を捩《よじ》る。

「魔界からここに降りてくるだけでかなりの力を使うんだよ。しかもこいつらを固めるのにも力を使ったから、精気の補充をしないと無理だ」

「精気の補充？」

「諦めるんだな。精気は前払いでもらう」

左の乳首にかかっているレースを摘んだ。

「ま、まって、わたしを縛っている縄を解《ほど》いてからにして」

こんな姿のまま変なことをされたくないというのもあるが、身体が自由になったらサリハを突き飛ばして逃げようと思って言う。しかし、

「だめだ。縄を解いたら何をするかわからない。おまえがこの男を蹴っているのを見ていたんだぜ」

たくらみを見透かされてしまった。

「ほんの少しここから精気をもらうだけだ。大人しくしていろ。もし蹴ったりしたら生きたまま食うぞ」

鋭い視線を向けられる。この世のものではない圧倒的な美しさをもつ顔で睨まれ、食うと言われた恐ろしさに凍りつく。

動けなくなったミルフィアの目に、左の乳首を覆うレースが持ち上げられるのが映った。

（ああ……出されてしまう……）

ここにいるデューダルの兵士達にはこの光景が見えているのだろうか。どうか固まっている時には見えないでいてくださいと心の中で祈る。

繊細な糸で編まれたレースが外されると、薄紅色の乳首が顔を出した。白桃のような乳房の先端で恥ずかしそうに縮こまっている。

「ほう。綺麗な色だ」

サリハの人差し指がそっと先端に触れた。

「あ……」

冷たい指の感触にびくっとして声が出る。

「やわらかいな」

人差し指の腹で軽く押しながらひと回しした。

たったそれだけなのに……。

（な、なに？）

そこからねっとりした何かが伝わってくる。

ふた回し目に入ると、

「ん……あ、……やぁ……」

じんじんとした熱のようなものをはっきりと感じた。

「これだけで勃《た》つとは、感度がいいね」

(勃つ?)

その言葉で、見ないようにしていた自分の左胸に視線を向ける。

「あ……」

白い乳房の前方で、薄紅色の乳首がツンと勃っていた。

先端とサリハの指が触れ合っているその光景のいやらしさに、ミルフィアの顔がかあっと熱くなる。

「感度だけでなく、硬さも形もなかなかだ」

言いながら更にもうひと回しされた。

「や、やめて……」

恥ずかしい様子を告げられながら弄《いじ》られる羞恥に耐えられず、サリハの指から逃げるように上半身を捩る。しかしその動きで、右側の乳首を隠していたレースがハラリと滑り落ちた。

「ああっ!」

「なんだ。こちらも弄って欲しくて出したのか?」

「ち、違うわ」

二つの乳房のすべてが露わになったミルフィアは、耳まで真っ赤になりながら否定した。

「違うと言いながら揺らして誘うなよ」

露わになった右の乳首に手を伸ばす。

「やぁっ！」

「こちらはまだやわらかいな。嫌じゃないだろ、ほら」

親指と人差し指で摘むと、指の間で軽く転がした。

じんっとする熱が伝わってきて、

「ふ……うっ！」

ミルフィアは吐息混じりの声を発し、身体を震わせる。

「こんなに簡単に硬くして……。見かけは清純そうなのに案外淫乱なんだな」

「なっ！　し、失礼な！　わたしは淫乱なんかではないわ」

真っ赤になって言い返した。もし手が自由だったら、サリハの頬を思い切り叩いていたに違いない。

「こんなにすぐに感じて勃つこれが、おまえの淫乱さを証明しているよ」

ミルフィアの二つの乳房を下から両手で持ち上げて、どうだとばかりに見せた。はしたなく勃っている乳首は、いつもより赤みが強い。

「それは、あ、あなたの指に……何か仕掛けがあるんだわ。だって、淫魔なんだもの」

自分は今まで一度もこんなことをされたことはないし、されたいと思ったこともない。淫魔であるサリハの指の方に、淫らに感じさせる力があるからこんな反応をしてしまったのだ。ミルフィアが淫乱なのではないと訴える。

「残念だが仕掛けなどないし、そういった力も使っていないよ。普通に触っているだけだ。こんなふうにね」

乳房を下から持ち上げたまま、親指の腹で勃っている両方の乳首を押すように擦った。左右同時に刺激され、淫らな熱が二倍になって伝わってくる。

「や、やっ……ぁんっ」

「この程度で感じて悶えてたら、本番になったら大変なことになりそうだな」

「本番?」

「精気を吸う時のことだよ。まずはお試しだから指でいただくか」

サリハはいやらしく乳首を転がしていた親指の動きを止め、指の腹を先端につけたままにした。

「なにをするの?」

精気を指で吸うとはいったいどのようなことをするのだろう。恥ずかしい状態のまま変なことをされそうな雰囲気に、不安が募る。

サリハは長い睫毛《まつげ》を持つ瞼《まぶた》を伏せて、すっと息を吸い込んだ。

「いくぞ。……酔《すい》の蕾《つぼみ》、誘欲《ゆうよく》の花、開きて滴《したた》る精を、我に与えよ……」

形のよい紅い唇から不思議な言葉を発する。すると、

「あ、あぁぁっんっ、や、なに、これっ、く……ふうぅっ」

指が触れていた乳首がかあっと熱くなっていく。身体の中にある熱が乳房に向かって集中しているみたいだった。

そして……。

「ひゃあぁっんっ、な、なにか……で、出て……っ」

集まった熱が乳首を通り、触れているサリハの指に吸い取られているように出ていったのである。しかも、

「はうっんっ、やぁ……っ」

とんでもなくいやらしい感覚がそこから発生してきた。経験のないミルフィアには、それが何なのかわからない。

「はぁ……、なに、……これ……」

呼吸は乱れ、胸の鼓動が高まっていく。

「なにって、快感だよ。いいだろう?」

(快感……これが?)

痺れるような淫らな熱が、鼓動に合わせて身体を巡る。この気持ちのいい熱が快感というものなのだと初めて知った。

「ふふ。感度がいいだけあって、上等の精気が取れる」

満足げに言うと、親指の腹をミルフィアの乳首から離した。

「ああんっ」

まるで、サリハの指から与えられていた熱を惜しむかのような声を出してしまう。

「嫌だと言っていたくせに、ずいぶんといい声で善《よ》がっているじゃないか」

指が離れたことで少し落ち着いてきたミルフィアに、侮辱の言葉が聞こえた。

「よがってなんか……」

失礼なことを言うサリハを睨むが、まったく気にも留めずに相手は背筋を伸ばす。

「さて、では取れた精気でおまえに俺の力を見せてやろう」

人差し指を立て、すっとオデムに向けた。

何をするつもりなのかとミルフィアもそこへ目を向ける。サリハの長い指の先が何かを弾くかのようにほんの少し動いた。

　すると……。

「あっ！」

　ミルフィアの胸を摑もうとしたままの姿で転がっていたオデムが、ぱっとそこから消えてしまった。

「どこへいったの？」

　塔の中を見回しながらサリハに問いかける。

「とりあえず王宮の外に飛ばした。あの城壁の向こうにいるはずだ。この塔に張った結界から出たから、今頃動けるようになっているだろう。何が起きたのかわからず、茫然としているんじゃないか」

　窓に目を向けて、デューダルの軍が砲弾を撃っているあたりを目で示しながら笑う。

「あんなところまで飛ばせたの？」

　驚きながらも、あの嫌な男がいなくなってほっとする。しかし、ミルフィアはすぐに思い直した。

（王宮を取り囲む城壁など、またすぐに乗り越えて戻ってきてしまうわ）

「あ、あの、国外には飛ばせないの？」

エミエルアを取り囲む国境の山の向こうでなければと思った。

「できるよ」

「もしかして、ここにいる兵達を全部国外に飛ばすことも?」

「それだけの精気を得られたらな」

「それは、先ほどのように、わ……わたしを吸えば、できるということ?」

頬を赤らめて問い返すと、そういうことだというふうにうなずいた。

「もちろん今のように指で吸うだけでは足りないけどな」

サリハの赤い唇の端が上がる。それだけで唇で吸うのだとわかって、ミルフィアは更に赤くなってうつむく。

「こ、こんな、大勢の人が見ている中でなんて……」

自分の乳首をこの男に吸わせるということを、考えただけでも羞恥《しゅうち》でたまらなくなるのに、衆人環視《しゅうじんかんし》の中でなど卒倒してしまいそうだ。

「今のこいつらには見えてもいないし聞こえてもいないよ」

「そ、そうなの?」

サリハの言葉に紅い顔を上げる。

「魔力の効果が消えるまでは石と同じだ」

ミルフィアの痴態《ちたい》を見聞きされないということを知らされて、ほっとした。

他国の見知らぬ兵達とはいえ、恥ずかしいことをされているところを見られたくないのは当然だ。そして、一緒にいるルカにもわからなかったというのは、嬉しいことである。

「で……では、お願いするわ」

覚悟を決めて告げた。

「本当にいいんだな」

「え、ええ」

深くうなずく。

「よし、承諾を得たからいただくか。と、そこではやりにくいね」

ミルフィアに向けて指を動かすと、

「きゃあっ！」

ふわりと身体が浮き上がった。先ほどまでサリハが腰を下ろしていた台の上に座らされる。

「このぐらいの高さがある方がやりやすい」

台の前に立つサリハの顔とミルフィアの胸が同じくらいの高さになっていた。

「や、やだ。見ないで」

剝き出しの胸を見つめられて身体を捩る。

「見ずにはできないだろ。ああそうだ、願い通りその縄を解いてやるよ」

ミルフィアの両手首を縛めていた縄を解いて放り投げた。

「あ、ありがとう……」

自由になった手で胸を隠し、礼を口にする。

「おい、隠したら出来ないだろう？」

こらこらと指を動かすと、

「あ、やぁんっ……」

胸を隠していた手がミルフィアの意思とは関係なく両脇に移動していく。再び露わになった乳房を見つめ、

「まだ勃ってる。やはり淫乱だ」

くすくすと笑いながら薄紅色の乳首をつついた。

「やっ、ぶ、無礼者《ぶれいもの》！　……えっ！」

サリハの顔を叩こうとしたが、両脇に下ろされた腕がまったく動かない。足も同様に固まってしまっている。

「今おまえから得た精気で、魔力が使えるようになったからね。縄などで封じなくても動

きぐらいは止められるのさ。それにしても無礼者はないだろう」

　笑いながらミルフィアの胸に顔を近づけた。彼からふわりと甘い香りが漂ってくる。鼻《び》腔《こう》をくすぐるそれは、ミルフィアの好きな花の匂いに似ていた。

「だって……」

「男にこんなことをされるのは初めてか？」

　胸に顔を寄せたサリハは、上目遣いでミルフィアの顔を見て質問する。

「あ、あたりまえです！　わたしにはまだ婚約者さえいないのですから」

　男性と手を握るのは夜会のダンスの時と、先ほどこの塔まで逃げる際にルカと手を繋いだ時だけである。

「それでは優しくしてやらないとな」

　なぜか嬉しそうな笑みを浮かべて、左の乳房を持ち上げた。尖った乳首へ美麗な顔を近づける。

「う……っ」

　敏感な突起に彼の吐息がかかり、びくんと身体が震えた。

「どうした？」

　上目遣いで顔を見られる。

「ま、魔族も息をしているのね……」

魅力的な美貌が至近距離にあって、恥ずかしさを誤魔化すように質問した。

「人の形でこの世にいる時は、体力を維持するために人間と同じようにしていた方がいいんだ」

「そう……」

（魔界にいる時には違う姿をしているのかしら）

昔の書物にあった頭にねじ曲がった角が生え、背中に黒い羽を持つ口の裂けた絵を思い出す。もしあんなふうになるのならぞっとするけれど、類《たぐい》まれなる美貌を持つサリハの今の姿からは想像できない。

そう思いながら胸の近くにある彼の顔を見下ろすと、唇から紅い舌が出ている。

（な……舐められる……）

予想通り舌はミルフィアの乳房に近づき、

「あ……っ」

先端でそっと乳首を突くように触れて離れた。ほんの一瞬のことなのに、ピリピリとした快感の熱が伝わってくる。

「ふふ。いい味だ」

次は乳首を持ち上げるように下から舐められた。すると、ねっとりとしたいやらしい感覚がそこから発生する。

「あぁぁ……」

もたらされた快楽に、思わずため息のような声が出てしまった。親指の腹で擦られた時に似たその快感は、もどかしいような疼《うず》きを伴っている。

「は……あぁ……」

繰り返し同じように舐められ、淫らな熱が身体中に広がっていく。

「も……もぅ……やめて……」

「ん？　気持ちいいだろう？」

(気持ち……いいけど、でも……)

サリハの言葉にうなずきたくなかった。だが、徐々に積み上げられた熱が快感であることは、初心《うぶ》なミルフィアにもわかる。これ以上舐めまわされたら、変な声を発してしまいそうだ。

「せ、精気を吸うのでしょう？　舐めてないで、は、早くして」

嬲《なぶ》るように舐めないでくれと訴える。

「感じさせると精気が集まるんだよ。集めてから吸うと、より多く吸えるからね」

ミルフィアの訴えを聞き入れず、唾液で光る乳首にまたしても紅い舌を纏《まと》わりつかせる。

「やぁぁんっ……く、ふっ……ぅ」

またしても淫らな快感が運ばれてきて、身悶《みもだ》えした。吐息と一緒に濡れた声が漏れてしまう。

「ああでも、ゆっくりやってたらこいつらの効力が切れてしまうな。動き出してからまた封じると魔力を多く使わなくてはならない」

とつぶやくと、サリハは顔を上げてニヤリと笑った。

「もっとじっくり愉しんでからと思っていたが、まあいい」

今まで舐めしゃぶっていた左の乳房を掴む。

「うぅ……っ！」

形のよい唇が開き、濡れた乳首をそっと挟んだ。

「はぁぁ……んんっ」

サリハの唇は、媚薬が塗られているかのように気持ちがいい。快感の熱がふわあっと身体の隅々まで広がった。

「これだけでそんなに悶えていたらこの先大変だぞ」

「やっ……ぁんっ、挟んだまま……しゃべらないで……んっ」

身体を震わせながら訴える。

乳首から一度口を離したサリハは、

「やれやれ、色っぽいお姫様だな」

ミルフィアの様子を見て苦笑を浮かべた。

「では吸うからな。……酔の蕾……」

またしても何やらつぶやくと、ミルフィアの乳首を口に含む。温かくて濡れた口内に、再び敏感な場所が包まれた。

「ひっ！」

ちゅっと吸われたその瞬間、

「ひゃぁ、あぁぁぁぁ……んっ」

身体の中から乳首を通して熱が出ていく。

先ほど指で精気を吸われた時の何倍も強くて淫らな熱が……。そして、出ていった空白を埋めるかのように、快感が体内に充満する。

「あぁぁ……っ」

視界が真っ白になり、意識が遠くなっていった。

……けれども……。

「おい！　まだ意識を失うな！」

「はぁ……ぁ」

身体を揺すられ、強引に意識を戻される。

「俺が約束を果たすのをちゃんと見届けろ」

ぐったりしているミルフィアを抱き起こす。

「は、はぃ」

閉じた睫毛を持ち上げたミルフィアの目に、サリハが右手で空気を払うようなしぐさをしているのが映る。そして、

（あっ……）

一瞬で目の前からすべての兵が消え去った。

「彼らはどこへ？」

がらんとなった塔の中を見回しながら問う。

「おまえの希望通り、国境のある山まで飛ばしたよ。今頃山の向こうの荒地《あれち》で目覚めているだろう」

あのオデムという王子も一緒に、城壁から飛んでいかせたと笑っている。

「国境の向こうまで？　すごいわ……」

本当に退治してくれたことに驚く。

「おまえの精気は美味かったから、いつも以上に強い力が出た」

ミルフィアの右耳に顔を寄せて言うと、耳朶《じだ》に軽くキスをした。

「きゃっ……」

恥ずかしさとくすぐったさで肩をすくめる。

「なあ。もし、国内にいる他の敵も飛ばしたいなら、そっちからも精気を吸わせろよ」

ドキッとするほど艶っぽい声で囁かれた。

（そっちって……）

右胸も吸わせろということらしい。

（あ、あんな恥ずかしいことは二度といやだわ……でも……）

断ろうと喉元まで出ていた言葉を、ミルフィアは呑み込んだ。

ここにいる敵は追い払ったが、王宮や国のあらゆるところに敵はまだいる。それらを即刻退治できるほどの兵力は、現在のエミエルアにはない。

兵力を補充するあてもなく、もしあったとしても時間がかかる。国中荒らされ、立ち直れないほどの痛手を受けてからでは遅い。

今サリハの魔力を借りればすぐに解決するのだ。魔物などに頼るのは恐ろしいし信用も出来ないが、先ほど彼は約束を守ってオデムと兵達を退治してくれている。

それに……。

父王も魔族を頼り、亡くなるまで国を守ってもらっていた。

(そしてわたしにも魔族の血が流れているのよね……)

ミルフィアが二歳の頃に亡くなったと聞かされていた母の記憶はほとんどなく、顔は肖像画でしか知らない。美しく優しそうな彼女が魔族だったとは衝撃的だ。しかし、今はそれについて嘆いたりしている時ではない。

この半分の血で魔物を信じ、残り半分の王族の血で国を守らなくてはいけない。国を守るためにここはサリハの申し入れを受けようと思う。

「わかったわ」

決心して承諾を告げる。

「そうか」

サリハが紅い唇の端を上げた。

「でも、もうひとつお願いがあるの」

乳首に吸い付こうとしたサリハを制す。

「ん?」

なんだという感じでミルフィアの顔を見上げる。

「追い払った敵が、再び国境を越えてこの国に攻め入って来られないようにしてください」

そこまでしてくれるのなら、更なる羞辱にも耐えられる。

「ふん。欲の深いお姫様だな。まあいい。やってやろう。だが、ここから吸った精気の量しか出来ないから、暫くの間しか守れないぞ」

サリハの返事にうなずくと、彼の唇が乳首に近づいていく。

「あぁ……っ」

彼の口腔に委《ゆだ》ねた右の乳首から、淫らな熱が再びミルフィアを襲う。

2　報酬は王女を籠絡する

笑い声が聞こえてミルフィアは目覚めた。うっすらと開いた目に、寝台の上を飾る天蓋《てんがい》の薄絹《うすぎぬ》が映る。四隅《よすみ》に垂れ下がる房《ふさ》に、王女だけに許された紋章が刺繍《ししゅう》されていた。

（ここは……わたしの部屋……）

あたりが明るい。

窓の向こうに青い空が見える。

どうやら自分は、昼寝をしていたらしい。

昼寝は夜会がある時にするのだが、今夜はそのような予定があっただろうかと考えた時、父王が倒れて他国が攻めてきたことを思い出す。

遺言《ゆいごん》により助けを求めて塔へと逃げたが、攻めてきた敵兵達に捕らえられた。そして、オデムから屈辱《くつじょく》的な要求を突き付けられ、ひどいことをされていたはずなのに、今自分は王宮の自室にいる。

　周りもしんと静まり返っていた。

（あれは、夢だったのかしら……そうかもしれない。お父様が亡くなった夢を見たのだわ。だって、今までとてもお元気だったのに倒れるなんて、ましてや亡くなってしまうなどありえない。王家の血を引くわたし一人を残して……）

　なんて嫌な夢を見てしまったのだろうと思ったミルフィアの耳に、またしても侍女の笑い声が聞こえてきた。

（なにがそんなにおかしいのかしら）

　声のする方へ顔を向ける。寝室の扉が開け放たれており、その向こうの王女専用の居間から笑い声が聞こえてきていた。目を凝《こ》らして見ると、侍女達が男を取り囲んでいるのが薄絹越しにわかる。

（あの人は！）

　長い黒髪を垂らし、足を組んで優雅に腰かけているその男には見覚えがあった。金のボタンと金モールで飾られた軍服のようなものを着ているが、恐ろしいほどの美貌は変わっていない。

艶やかな黒い髪。きりっとした意志の強そうな眉と鋭い目。通った鼻筋《はなすじ》と自信たっぷりな口元。王女専用の居間にある椅子に、足を組んで座っているのは……。

「サリハが……なぜ……？」

あれは夢ではなかったのかと思いながら身体を起こす。

「あ、姫様がお目覚めに！」

起き上がったミルフィアに侍女の一人が気づいた。

「ミルフィア様！　お加減はいかがですか」

侍女頭のハヴィナを先頭に、バタバタと侍女達が部屋に入ってくる。

「あ……の……」

「お疲れでしたよね。まさか突然攻め込まれ、あんなことになるなんて」

「サリハ王子様が助けにいらしてくださりよかったですわ。もう大丈夫ですよね」

「大臣達もほっとして、国王様のご葬儀《そうぎ》の準備に入られてます」

「一時はどうなるかと思いましたが、これで安心ですね」

侍女達が薄絹を開けながら、口々に安堵《あんど》の言葉を口にした。

「いったいなにが……」

どういうことかと問いかけようとした時、サリハがゆっくりと寝室に入ってくるのが目に入る。笑みを浮かべたその顔には、ぞくっとするような妖艶《ようえん》さが漂《ただよ》っていた。

「塔で、デューダル公国の輩から姫様を助け出して敵を退治し、ほら、王宮をリシリアフ国の兵で守ってくださっております」

窓の向こうを示して、年配のハヴィナが安心した表情を浮かべて言う。

「リシリアフ国って？」

聞いたことのない国だと首をかしげる。

「もう、姫様の大切な方のお国ではないですか」

「大切？　わたしの？　リシリアフ国など知らないわ」

ミルフィアの答えた内容に、侍女達は顔を引き攣《つ》らせた。

「あ、あまりに大変なことが起きたので、混乱なさってるのですね」

「サリハ様はリシリアフ国の第二王子で、ミルフィア様とご婚約したばかりですよ？」

侍女達が焦った表情で説明する。しかし、リシリアフとか婚約とか、初めて耳にするミルフィアは困惑するばかりだ。

「ほら、見えますでしょう？　サリハ様は姫様がお休みになられている間に、率《ひき》いてきたリシリアフの兵を城壁と国境に配備してくださいました」

窓の向こうを見て告げる。

「配備？　でもあれは……」

示された場所を見て言葉に詰まった。しかし、侍女達は何の疑問も持たず嬉しそうな顔をして外を眺めている。

「国王様がご崩御《ほうぎょ》され、他国が攻め入って来たことを知り、リシリアフの兵をあんなに大勢率いて駆けつけて下さるなんて、頼もしくてお優しい王子様ですよね」

「よい方とご結婚が決まっていたのは不幸中の幸いでした」

「結婚って……」

侍女達は先ほどから何を言っているのだろう。ミルフィアは怪訝《けげん》な顔で窓から視線を戻した。その時、椅子から立ち上がったサリハが寝室に入ってくる。

「私にも、目覚めた婚約者殿と話をさせてくれないか。できれば二人きりでね」

寝台の方へと歩いてきた。

（サリハまで婚約者って……）

「そ、そうですね。気の利かないことをいたしました。さ、みんな部屋から出ましょう！」

ハヴィナが他の侍女を追いたてるようにして出口に向かう。バタバタと侍女達は部屋から出ていき、パタンと寝室の扉が閉じられた。

寝室にサリハと二人きりになる。

「い、今のはどういうこと？　それに、あれはなんなの？」

腕を組んで寝台の横に立つサリハに、窓の外を示して問う。

侍女達がリシリアフの兵と言っていた、城壁を守っているものは、どう見ても板きれだ。薪に使われる木材を、王宮の壁に立てかけてあるだけにしか見えない。

「あれは、俺とおまえ以外の者には、兵に見える術をかけてあるんだ」

「そんな術をかけたの？」

「塔でおまえの精気《せいき》を吸った後、あそこにいた兵士どもを国外に飛ばしたのを覚えているか」

問われてミルフィアは記憶を手繰《たぐ》り寄せる。

（そういえばわたし、この人に……）

ものすごくいやらしいことをされたのを思い出し、顔から火が出そうになるほどの羞恥《しゅうち》を覚えた。はっと気づいて自分を見ると、ドレスではなく夜着を身に着けている。侍女達が着せ替えたのだろうか。

「思い出したか」

「え、ええ……少し……」

「吸った精気は敵を国境の外に飛ばすのにほとんど使ってしまった」

「あ……」

恥ずかしい記憶とともに、敵を退治してもらえてとても安堵したことも思い出す。

「だが、あの状態ではすぐにまた敵が攻め戻ってくるだろう。俺に国を守れと頼んだのを覚えているか」

「そういえば……」

精気を吸われて淫《みだ》らな快感に翻弄《ほんろう》されながらも、

『おねがい……します。わたしの国を、エミエルアを、ま……守って……。わたしはどうなってもいいから……』

喘ぎながら切れ切れに懇願《こんがん》したのだった。

「おまえは意識を失い、俺は頼まれたことをしたのだが……。敵を消し去るほどの精気は得られていなかった。それで、板きれを兵に見せかけて城壁と国境に配備したんだよ」

そしてミルフィアを塔から王宮へ運び、自分は婚約者であるリシリアフの王子だと皆に思い込ませたのだという。

「大勢の兵が国境や王宮を囲むように守り、矢や砲弾で敵を迎撃しようと構えているように見えているから、近寄ることもできなくなっている。でも、あれらが兵に見える術は一日しか持たない。効力を失えば敵からも味方からも板に見えるようになるだろう」

「そうだったわね……」

一時的だと言われていたのを思い出す。とはいえ、一日では本当の兵を配備しようとしても間に合わない。今のエミエルアなら、半月は必要である。

「大量の板を兵に見せているんだ。それなりに精気が必要になる。あれだけではそのぐらいがやっとだ」

サリハが窓の向こうに顔を向けて言う。窓から入ってくる風に艶やかな黒髪が揺れていた。肖像画でしか知らない自分の母親も美しかったというが、魔族は皆そうなのだろうか。

「精気って……あの、わたしのを……」

これまでのことを思えば、自分の胸から精気を吸うこと以外に考えられない。横顔も美麗なこの男に、またあのような恥ずかしいことをされなければならないのだ。でもここで逃げるわけにはいかない。

「塔にいた時と同じように精気をあげれば、もっと長く術をかけてくれるのね？」

両手で夜着の胸元を摑み、恥ずかしげに質問する。

「一日延長出来るが、同じでは駄目だな」

長い黒髪を揺らして首を振った。ふわりと彼から甘い香りが漂い、塔で触れ合った時の記憶がよみがえってどきっとする。

「駄目？」

ミルフィアが首をかしげると、サリハは片膝を寝台の上に載せた。寝台がきしむ音とともに、美麗な顔がミルフィアに近づいてくる。

「もっと多く必要だ。俺も報酬をもらわないと割に合わない。呼びつけられて労働だけさせられるのはごめんだ」

報酬を要求されたことに驚くが、よくよく考えてみれば彼がエミエルアを助けるためにタダ働きする義理はない。彼はこの国の国民でもないし、ミルフィアの婚約者といってもそれは嘘なのだから。

「報酬って、あの……それは、お金や宝石……ではないのよね？」

塔でそんなことを言われた気がする。魔物が欲しがるものは魂や肝《きも》で、でもサリハはそれらを飽きるほど持っていて欲しくないと……。

「そうだよ。俺が欲しいのは精気だ。術を継続するためにも必要だが、報酬としてもいただく。板を兵に見せる術をかけ、それを続行する分とは別に、俺への報酬を上乗せしてたっぷりとな」

光る目でミルフィアを見据えて口の端を上げた。

「ま、また、わたしの胸を吸うのよね」

サリハから帰ってきた答えに、やっぱり、と思う。

前よりも少し長い時間になるのかもしれない。でも、それで国を守れるのなら仕方がない。塔の時と同じようにしなくてはと、夜着の胸元を握っていた手を放す。しかし、ミルフィアの考えを否定するかのようにサリハが人差し指を左右に振った。

「そこだけでは足りない」

「足りないって……あの、どうすれば」

困惑しながら聞き返す。

「全身。特にここから多くもらうよ」

ミルフィアの股間あたりを、掛布《かけぬの》越しに指で押した。

「きゃあっ！」

胸よりも恥ずかしい場所を突かれて、思わず声を上げてしまう。

「たったこれだけで騒ぐな。向こうにいる侍女達に聞こえてもいいのか？」

寝室と居間を隔《へだ》てている扉を目で示す。重厚な扉が閉じられているとはいえ、あられもない声を出したら聞こえてしまうだろう。

「ご、ごめんなさい。で、でも、あの……こんなところからって……」

狼狽《ろうばい》しながら謝罪する。

「少し我慢していれば終わるよ。長時間ねちねちと胸を吸われるよりもいいだろ」

ここなら胸に比べてずっと少ない時間で済むという。

（すぐに済む……）

「わかったわ」

確かに、恥ずかしい思いを長くさせられるより、短時間で終わる方がいい。

承諾の言葉を伝えると、サリハは意味深な笑みを浮かべた。何か企んでいるような表情だったが、ミルフィアは恥ずかしい気持ちでいっぱいだったので、サリハを追及する余裕はなかった。


上着を脱いだサリハは、寝台の上でミルフィアと向かい合わせに座った。彼の長い指がミルフィアの夜着に伸ばされる。

ミルフィアの夜着にはレースとリボンがふんだんに使われていた。胸元にはたっぷりと襞《ひだ》が寄せられ、煌《きら》びやかな光の波が幾重《いくえ》にも重なり揺れている。

上等の薄絹なのでふわふわとしていて軽やかだ。

豪奢《ごうしゃ》でやわらかなその夜着は、ミルフィアの一番のお気に入りである。侍女達もそれを知っていて、気を失って塔から運ばれたミルフィアに着せたのだろう。

しかし、今はその気遣いがミルフィアの羞恥に拍車をかけていた。

襟元《えりもと》を大きく拡げ、両肩を露わにして夜着をずり下げられると、ふっくらとしたミルフィアの白い乳房が襟の上に載った状態となる。

たくさん襞が寄ったその上に、乳房が飾られているかのように見えた。

「相変わらずいい色をしている」

「む、胸はしないって……」

時間短縮のために股間で吸うと言っていたではないかという目を向ける。

「しないとは言ってないよ。欲望を高めて精気を集めるのにここも使う。あとは、色とか硬さでおまえの興奮度を測れる」

サリハは二つの乳房を交互に撫《な》で擦ると、ピンク色の乳首を人差し指で左右同時に押した。

「んっ……」

押された刺激にミルフィアはぴくんと身体を震わせる。

「感度は先ほどよりもよくなっているな。もうこんなだ」

硬くなっているとわからせるように親指と人差し指で挟んだ。

「やぁん……」

恥ずかしさと伝わってくるいやらしい刺激から逃げたくて、身体を捩《よじ》らせる。サリハの指先から逃れた乳房が夜着の上で淫らに揺れた。

「誘うなよ。たまらなくなるだろ」

苦笑しながら右側の乳房を捕まえ、突起を舌で舐めあげる。

「あ……はぁ……」

それだけで目眩《めまい》がするほどの気持ちよさが伝わってきた。

サリハの舌は人間とは少し違うのか、表面にザラリとした感触がある。濡れたそれで舐められると、背筋がゾクゾクするような快感が駆け上がった。

丹念に舐めまわした後、紅く色づき硬くなったミルフィアの乳首を覆うように、彼の唇が密着する。口の中で呪文のような言葉を発し、吸った。

「くっ、ふぅ……んんっ」

軽く吸われただけで、塔でされた時と同じく頭の中が真っ白になってしまいそうな快感が駆け上がる。

(ああ……だめ……っ)

ここは塔ではなく寝室で、扉の向こうには侍女達が控えているのだ。ミルフィアは自らの口を手で塞《ふさ》ぎ、嬌声《きょうせい》が漏れるのを必死にこらえる。

「ふふっ」

声をこらえるミルフィアを嘲笑《あざわら》うかのように、サリハは丹念に両胸を吸った。吸う強さや舐める量に強弱をつけられると、快感が波のように襲ってくる。

「ふ……んんっ……んぁ……」

こらえ切れずに声を発してしまい、口を塞いだ手指の間から、くぐもった喘ぎ声が漏れ出た。

経験の乏《とぼ》しいミルフィアの身体は、快感に抗《あらが》えない。

「仰向けに寝て」

胸を吸われながら命じられると、何も考えられずに従ってしまっていた。気づくと、夜着も下着も外され、生まれたままの姿で彼に触れられている。肌を滑る彼の指はとても気持ちよくて、口を押さえたままうっとり天蓋を見つめていた。

（え……？）

しかし、両膝裏を持ち上げられた時、ミルフィアは我に返る。

自分の両膝が開いた状態でミルフィアの眼前にきていた。そして、淫らに乳首を勃たせた二つの乳房の間から、サリハが股間を凝視《ぎょうし》しているのが見える。

「……っ！」

口を塞いだまま、自分の恥ずかしい姿に悲鳴を上げた。

（やめて……見ないで！）

夜着をほんの少したくし上げて口づけをする程度だと思っていたのに、こんな風にあられもない姿にされ、何もかもが見えてしまう格好にされるとは、想像もしていなかったのである。

「う……うぅ……っ！」

けれど、その姿を止めることができない。

（あ、足が動かないわっ！）

ミルフィアが抵抗することがわかっていたらしく、サリハから恥ずかしい姿のまま手足が動かなくなる術をかけられていた。

「ここも綺麗な色だ」

つっと指先でミルフィアの股間をなぞって言う。

「くうっ……っ！」

口を塞《ふさ》いだ手も動かせず、ミルフィアは呻き声しか出せない。サリハの指は一度だけではなく、何度も秘所を往復した。

花芯が隠れた割れ目の前から、花唇の閉じられた割れ目の終わりまで、指がゆっくりと行き来する。

それはすぐに、恥ずかしいだけではない感覚をミルフィアに運んできた。

「割れ目が濡れてきた。感じているね」

と、サリハから言われてしまうような……。

「んぅ……」

股間をなぞる指の滑りがヌルヌルしてきて、淫らな熱と疼《うず》きが増大していく。口を塞いだ指の間から、濡れた吐息が漏れ出た。

「せっかくだからおまえの色っぽい声を聞かせてもらおうか」

股間に触れていない方の手で、口を押さえているミルフィアの手を弾いた。途端に両手が顔から外れて左右の耳元に落ちる。

「んっ……い、いや、……やめて……」

「嫌だっていう反応ではないようだけど？」

蜜壺に指先を少ししのばせ、くちゅっと濡れた音を立てられた。

「だ、だって……吸うだけだって……うっ」

指を動かされて言葉が切れる。

「精気をより多く吸うには、感じさせて集めなければならないだろ。覚えていないのか」

「覚えて、いるけど……」

「だったら素直に感じて色っぽい声を上げてろよ」

「そん……な、んっ、あぁんっ」

指を回しながら蜜壺の奥へと挿入された。中から伝わってくる甘い快感に、思わず喘ぎ声を上げてしまう。

(どうしてこんな?)

サリハの指には媚薬《びやく》が塗られているのかと思うほど、中が感じた。

「だめ……そんなこと……」

指は奥へと進み、ミルフィアの中を擦る。そこから伝わる刺激に、下肢がびくんびくんと跳ねた。

「やぁ……っ」

そんなふうに痙攣《けいれん》したくないのに、自分の意思で動きを止められない。必死に我慢しようとしていた嬌声も、こらえられずに出てしまう。

初めて経験する蜜壺からの快感に、ミルフィアは翻弄《ほんろう》されるしかなかった。しかも、挿れる指が増やされると、更に声が出てしまう。

「ああんっ、はぁっ、あんっ、や、外に、聞こえちゃう、んんっ」

嬌声を上げて痙攣しながら訴えた。

「感度が良すぎるな。じゃあそろそろいただくか」

蜜壺から指が抜かれ、ほっとする。

でもそれは一瞬で、隠れていた花芯を露わにさせるように左右に前を開かれた。

「――――っ！」

声を失ってしまうほど恥ずかしい。

だが、そこにサリハの美麗な顔が近づき唇を当てられると、今までとは比べ物にならないほどの快感に襲われた。

頭の中をキラキラした光の粒が乱舞《らんぶ》する。

呪文とともに股間を吸われたら、わけがわからなくなるほど気持ちよかった。

身体中の精気をサリハに吸い取られ、空いた場所を快感で埋め尽くされるような感じがする。

（身体から力が……）

あまりの善さに、心身ともに脱力した。

全身がだるい。

快感の余韻《よいん》に漂ったまま、意識が遠くなっていく。これで恥ずかしい儀式は終わり、国を守ることが出来るとほっとした。

だが……。

(な……に？)

突然身体の中心に強い圧迫感を覚えて、意識が引き戻される。

「ひっ……」

意識を取り戻したミルフィアの目に、信じられない光景が映った。

二つに折り曲げられた格好で両膝を開かれた股間に、サリハが服から取り出した自身を押し付けている。

いや、すでにミルフィアの花唇を押し開き、蜜壺に挿入していた。

(きゃあああああっ！)

悲鳴を上げたはずなのに声が出ない。驚きと強い圧迫感のせいなのか、それともサリハの術のせいなのか、全身が硬直している。

「処女はきついな。でもたっぷり濡らしたから大丈夫だ」

動けないミルフィアへ、サリハが熱棒をゆっくりと突き刺していく。

「ひ……ぃ、や……め……」

目をつぶり、拒絶を示すために首を振るが、ミルフィアの反応など気にすることなく、凶器は蜜壺を犯していく。

「やぁっ……」

(ひどいわ！)

こんな非道《ひどう》なことをされるとは思わなかった。ミルフィアは、まだ恋も何も知らない乙女である。なのに、騙すようにしてサリハは純潔を奪ったのだ。

頭の中で『許せない』と何度も叫ぶ。

しかし、怒りと憎しみは、ミルフィアの中に長く留まることはなかった。

「あ……は……っ、あぁぁ……！」

身体に突き刺さった熱棒から、新たな刺激が運ばれてきたのである。どくんどくんと頭の中に鼓動《こどう》が脈打ち、それに合わせて快感の波がやってきた。

舐められたり吸われたりするのとは違う、身体を芯から震わせるような快感である。

「はぁんんっ、んっ、ひ、あぁぁっ」

拒絶の言葉を発するはずの口から、喘ぎ声しか出ない。

(あぁぁぁ、そんな、嘘よぉ……)

身体を貫《つらぬ》く卑怯な男の熱棒に感じてしまう自分が、悔しくて情けなくて涙が溢れる。

「思った通り、中も極上に気持ちがいいな」

奥まで自身を挿入し終えたサリハが感嘆混じりの声で言う。

「ど……して……こんな……こと、あ、ひぁんっ」

悶えながらもサリハの非道な行為に抗議をする。

「これは俺がもらう分だよ。吸って得られる精気は魔力を使うために全部使ってしまうからね。報酬は、俺が快感で得られる精気でいただくってこと」

「そんな……」

「気持ちいいだけだから泣くことはない。これで俺の力が得られるのだから、悪くないだろう」

挿れた自身を軽く抽挿《ちゅうそう》した。先ほど執拗《しつよう》に濡らされた蜜壺が、ぐちゅっという淫らな水音を立てる。

「はぁあっんっ」

泣きたかったのに、抽挿で強い快感を覚えたために喘いでしまった。

「な、いいだろ？」

ミルフィアの声を聞いたサリハが得意げに問いかける。

「や、あぁんっ」

違うと首を振る。

「ん？　今のところよりここの方がいいかな？」

ミルフィアの反応を誤解したのか、それともわざとなのか、サリハは突く角度を変えて、自身を挿入した。

「ひあぁっ！」

いいところに当たったらしい。びくんと下肢が痙攣する。

「ああ、やはりここか。すごく締まった」

見つけたとばかりにそこを狙って、何度も突く。

「ん、あ、そこ……やあぁっ！」

嫌だと口では言ったけれど、サリハから突かれるたびに、トロリと熔《と》けてしまいそうに気持ちがよかった。

交《まじ》わりの快感は、胸や股間を吸われるよりもずっと強烈で、全身の神経がトロトロと熔け落ちていくような感じがする。

初めて覚える快感に揺さぶられ、どうしていいのかわからない。

「どうだ？」

「あ……あぁ……いぃ……」

彼からの質問に、はしたなく本当のことを口にしてしまった。

「そうだろう。俺に足を巻き付けてごらん」

サリハの腰を挟むようにミルフィアの両足を巻き付けられる。ぐっと接合部が深まり、奥が刺激された。

「はぁぁ、すごい」

いつの間にか腕も動かせるようになっていて、サリハの首に手を伸ばして喘ぐ。

「これもいいか？」

「ん……いい」

「いい子だ」

サリハが覆い被さってきた。ミルフィアを抱き締めて、更に奥を執拗に突き擦る。

「はぁっ、お、奥が……」

「わかっているよ。ここが好きなんだよな」

突くたびに中が締まってたまらないと感嘆の声を発した。

「と、熔けてしまう……」

サリハの首に抱きついて訴える。動かせるようになった手足で抵抗するどころか、彼にしっかりしがみついていた。

「ふふ。熔けるのか。可愛いことを言う」

嬉しそうに抽挿を繰り返す。

「あ、あぁ……なかが……熱い……」

抽挿により与えられる強くて深い官能が、初心なミルフィアを支配する。

「もっと熱くしてやるから、いい声を聞かせろ」

喘ぐミルフィアの唇を舐めながら言う。

「んっ、ふっあぁん」

ざらりとした彼の舌に舐められると、ぞくぞくした。胸にも彼の手が当てられ、乳首を摘まれている。

「いい硬さだ」

勃っているのを確かめるように指の腹で擦った。

「うっ。ふぅぅ、あんっ、す、すごい……あぁぁっ」

敏感な場所をいくつも刺激され、強すぎる快感に悶える。

「ああ、俺もたまらないよ」

打ちつけられる腰の動きが速められた。

「な……なに、か……くる」

蜜壺から聞こえてくる水音と連動して、頭の奥にどくんどくんと鼓動が鳴り響く。官能の大波が押し寄せてくるような気がした。

「来るんじゃないよ。達《い》くんだよ」

（達く？）

どこへと思った時、くっというサリハの声が聞こえ、体内に熱が注がれた。その熱さにミルフィアの頭の中が真っ白になる。

「ひあぁぁ――――ん……っ！」

激しい痙攣とともに嬌声を発した。

達くというのは快感の頂点を越すことなのだと、キラキラとした官能の世界に漂いながら思い知る。

3　王女は淫魔に絆される

朝の光が差し込む寝台の上で、ミルフィアは声を殺して泣いた。

（あんなことまでされるなんて……）

精気《せいき》を吸うだけだと思ったのに、純潔まで奪われてしまったのである。

優しい愛撫で快感に溺《おぼ》れさせられるような交《まじ》わりだったのだから、オデムに屈辱的に乱暴されるのに比べたらずっといいのかもしれない。でも、昨夜のミルフィアは、そこまでされるという覚悟をしていなかった。

いや、もし覚悟していたとしても、初めてを会って間もない、しかも人間でもないものに奪われたら、やはり悲しい気持ちになるに違いない。

自分はエミエルアの女王になる。他国の王子か国内の有力貴族の子弟《してい》と結婚しなければならないので、自由な恋愛は許されない。

それでも、自分の納得した優しくて素敵な人と結婚し、一緒に国を支えていくという夢を持っていた。

初めてのときはその第一歩として、記念の儀式になるはずだったのである。

なのに、大切にしていた純潔は魔物に奪われてしまった。しかもそれで国を守ってもらっているのである。身体を犯させて平和を得ている自分は、まるで娼婦《しょうふ》のようだ。

そう思ったら更に涙が溢《あふ》れ、枕が濡れていく。しかし、扉を叩く音が聞こえてきて、ミルフィアははっとして泣き顔を上げた。

「ミルフィア王女様、お目覚めになりましたか？　朝食のご用意が出きておりまする。サリハ王子様はすでにお召し上がりになられていますよ」

扉の向こうから侍女頭であるハヴィナの声が届く。

(サリハが……)

目覚めた時寝台にいなかったので、もしかしたら魔界に戻っていったのかと思っていたが、そうではなかったようだ。

「そういえば……」

木切《きぎ》れを兵に見せる術は、一日しか持たないと言っていたのを思い出す。本当の兵が揃《そろ》うまで彼にはここにいて、毎日術をかけ続けてもらわなければならないのだ。

「ミルフィア様？」

怪訝《けげん》そうなハヴィナの声がする。

「い、今は食べたくないわ。あとにします」

自分を犯したサリハに会いたくないし、こんな泣き顔を侍女達に見せるわけにはいかない。

サリハをリシリアフの王子でミルフィアの婚約者だと思わせる魔力は、それほど強いものではないらしい。幻覚を見せる術だから、ちょっとしたことで効果が消えてしまう時があるのだと、サリハは言っていた。

（まだ何も解決されていないのに術の効果が消えてしまったら、大変な騒ぎになるわ）

かしこまりましたというハヴィナの声がして、足音が遠ざかっていく。ほっとして再度寝台に突っ伏そうとした時、

（……えっ？）

どくんっと身体の中が脈打った。そのあと、じわじわと下腹部の奥の方から熱のようなものが広がっていくのを感じる。

「な、な、なに？」

突然やってきた変な状態にうろたえていると、今度は胸のあたりにぴりっとした刺激を感じた。

「ひ、熱いっ、な、なんなの！」

びっくりして夜着の胸元を開いてみると、濃い桃色に熟した二つの乳首がつんと勃《た》っている。昨日サリハから弄《いじ》られたり吸われたりした後の乳首と、同じように色づいて硬くなっていた。

「どうしてこんな……」

腰骨《ようこつ》の奥の方にもじんじんとした熱が発生してきている。それは秘部まで伝わってきて、花芯や花唇まで熱くしていった。

まるでサリハに触れられているような感じがする。

（いやあんっ……）

淫《みだ》らな感覚に困惑していると、

「食事はきちんと摂《と》れよ」

後ろからサリハの声がした。

「きゃあぁっ！」

ミルフィアは寝台の上で飛び上がって驚く。

「突然入ってくるなんて、無礼だわ！」

急いで夜着の胸元を閉じ、真っ赤になって振り向いた。

「食事を摂らないと聞いて来たんだよ」

天蓋《てんがい》の薄絹《うすぎぬ》越しに立つサリハが偉そうに答える。

「だからって、ノックもしないで……」

それに、食欲がないのはあなたのせいよ、と心の中でなじった。

「自分の寝室に入るのにノックはいらないだろう」

「自分の？」

「婚約者とはいえ事実上の夫だ。臣下も侍女もそう思い込んでいるから、ここは俺の寝室でもある」

答えながら薄絹を捲《めく》り上げる。

「……そ、そうかもしれないけど……でも、本当は夫ではないのだから」

精悍《せいかん》な姿を現したサリハに、非礼だと訴えながら彼を見上げた。

（魔物なのに、朝の光を浴びてもなんともないのかしら？）

光に弱るどころか、漆黒の髪が虹色に輝いて妖艶な美貌が際立ち、生き生きとして見える。

「本当も嘘もない。ここにいる間はおまえの夫だ」

やわらかな笑みを浮かべて近づくと、ミルフィアの頬《ほお》に手を添えた。

「泣いていたのか」

頬を伝った涙の跡《あと》を見つめながら問う。

「……」

泣く原因である相手に問われて、ミルフィアは唇を噛み締めた。

(誰のせいで泣いていたと思っているのよ！)

精気を吸うだけだと言っていたのに、犯されて純潔まで奪われたことが悲しくて泣いていたのだと、サリハをなじろうとしたが、

「たったひとりの親を亡くしたのだからな」

つぶやくようにサリハから返された言葉にはっとする。

「悲しいのはわかるよ」

ミルフィアの濡れている頬に指先で触れた。

「あ……の」

父親が亡くなったことについて泣いていたのだと、彼は誤解しているようだ。

「臣下や侍女達が、よい王だったと惜しんでいた。俺もエミエルア王の評判を魔界で耳に

したことがあったが、本当にいい王だったようだな。突然の崩御《ほうぎょ》で心の準備もなく、さぞ辛かっただろう」

慰《なぐさ》めるように優しく頬を撫でる。

「わたし……」

撫でられたのに、まるで頬を叩かれたような衝撃をミルフィアは感じた。

ミルフィアは今まで、サリハに犯された自分の身の上だけを悲しんでいたのである。あまりに色々なことがありすぎて、父王が亡くなった悲しみに浸《ひた》る余裕がなかったのは事実だが、それにしても……。

（この人に言われるまで、お父様を悼《いた》むことを忘れていたなんて）

自分の愚かさを思い知り、同時に父を失ったことを改めて思い返して、先ほどとは違う悲しみに襲われる。

「う……っ……」

鼻がつんとして涙がどっと溢れ出た。嗚咽《おえつ》が漏れそうになり、急いで手で口を塞ごうとする。

「我慢しないで泣けばいい」

抱き寄せられ、彼の胸に顔を優しく押し付けられた。

「親を亡くした気持ちは、魔族である俺でもわかるよ」

言いながら頭と背中を撫でる。彼の甘い香りと優しい手の感触が、悲しみに沈むミルフィアを包み込んだ。

「うっ、ふっ、あぁぁんっ！」

心の堰《せき》が切れたかのように声を上げて泣き出してしまう。

「可哀想に……」

しがみついて泣くミルフィアを抱き締める。

「サリハ……」

自分の純潔を奪った憎い相手なのに、恐ろしい力を持ち魂と肝《きも》を食らう魔物なのに、彼に縋《すが》りついてしまった。彼の腕は悲しみに震えるミルフィアの心身を、とても優しく抱き締めてくれる。まるで、極上の綿でくるまれたような気がした。

「お、お父様は……どこへ行かれたの？　亡くなると、どうなるの？　魔族は、死者の国から来たのではないの？」

泣きながらサリハに問う。

「死界のある天上界は、魔界よりももっとずっと遠い場所にある。人間とは少し違うが、俺達魔族にも寿命があり、それが尽きれば死界へと飛ばされる。エミエルア王も死界に飛んでいったに違いない。そして今頃、おまえの母親と会っているだろう」

「わたしのお母様も……やはり亡くなってしまっているの？」

もしかしたら魔界で生きているのではと思っていたので、サリハの言葉に落胆しながら質問する。

「……先日、魔力を使い果たして魔界から消えたよ。だから契《ちぎ》りを結んだエミエルア王も亡くなり、この国を守っていた紫雲《しうん》も消えたんだ」

「お母様が亡くなったせいでお父様も死んでしまったというの？」

父親の死が母親の死と関係があったことに驚きながら、サリハの胸から顔を上げた。

「魂のレベルまで深い契りを結んでいたようだからな。おまえと俺とのような軽い契約とは違う」

「そうなの……」

「ただ、エミエルア王はもともと年老いていたので、おまえの母親に引きずられて亡くなったと言うよりも、今まで生かされていたというのが正しいかもしれない。おまえが生まれた時点で高齢だったからね」

ミルフィアがこの国を継げるまでなんとか生きていたい、という王の意向を受け、母親は魔界から残り少ない魔力を長年送り続けた。そうやって国を守り、王を生かしていたのである。

「お母様は、わたし達をずっと守ってくださっていたのね」

母親が魔族であったことを知った時は、驚きに加えて嫌悪を覚えてしまっていた。自分にその血が半分流れているのだと思うと、自身が汚らわしく感じたのである。

しかし、小さくも美しいエミエルアを守り、父王を元気に生かしてくれていたのは、母の魔力だった。魔界から自分の身を削るようにして、魔力を送り続けてくれたおかげなのである。

「わたしったら、お母様のことを何も知らず嫌ったりして……親不孝者だわ」

自分の愚かさを恥じた。

「死界で再会したであろう二人の冥福《めいふく》を祈るためにも、よい葬儀《そうぎ》をしてやればいい」

「そうね」

サリハの提案に素直にうなずく。

「頑張ってくれよ。おまえが自力でこの国を守っていけるようになるまで、俺だってここにいなければならないのだからな」

「え、ええ。そうよね」

サリハがいなくなれば張りぼての兵は木切れに戻り、敵国は即座に攻めてくるのだ。

「それにはまず、葬儀と新国王になるおまえの戴冠式《たいかんしき》だ」

「そうね。わたしが王にならなければ……」

　自分が即位するのはもっとずっと先で、その頃は支えてくれる伴侶を得ている予定であった。なのでひとりで王位に就《つ》くのはひどく心細い。しかし、今そのような甘えたことを言ってはいられない。

（わたしがしっかりしなくては！）

　上に立つ自分が情けないようでは、国も国民も、外国の餌食《えじき》となりひどい目に遭わされるのだ。昨日のオデムの件を思い出し、あの男と同じように他の国も油断はならないと、心を引き締める。

「葬儀の段取りは夜中に大臣達にさっさとやれと言っておいた。手配に手抜かりがないか確認を怠《おこた》るなよ」

「夜中に？」

「おまえ気を失ったように寝てしまったからな。しょうがないから代わりに今後のことを指示しておいた」

　詳しいことは宰相《さいしょう》に聞けとミルフィアの身体から手を離し、寝台に寝ころんであくびをした。

「もしかして、寝ていないの？」

「魔族は夜に寝たりしないんだよ」

笑みを浮かべて答える。黒曜石《こくようせき》のように輝く黒い瞳でミルフィアを見上げながら微笑む
サリハは、どきっとするほど魅力的だ。

「あ……そうね……」

こんなに近くで異性と見つめ合うことなどなかったので、恥ずかしくなる。

その時。

どくんっと腰骨の奥が脈打った。

（な、なに？）

それはみるみるうちに身体の中で膨らみ、熱となって広がっていく。

「ん？　どうした？」

ミルフィアの顔を覗き込むようにしてサリハが問いかける。

「な、なんだか、熱い」

頬を赤らめて訴えた。

「どこが？」

「身体の中が……ど、どうして？」

サリハがくる前に覚えた淫らな熱が、再び身体の芯から湧き起こってきている。

「ああそれは、発情しているんだな」

「ええっ！　発情なんて、わ、わたししてないっ」

今までそんなことは一度もないと訴える。

「俺の精を注がれて、おまえの中の性欲が覚醒《かくせい》したんだよ」

「いやだわそんなの！」

昨日のようなことをされたいと自分が欲しているなんて、認めたくない。けれど、下腹部やサリハの手が触れていた部分に感じるジンジンするような熱が、次第に強まっていくのは無視できなかった。

「人間なら誰しも成長すれば覚えることだよ。でなければ子孫を残せないだろう」

「でも……」

突然の身体の変化に戸惑う。

「ただまあ。今のは空腹からきているんだろうな」

「え？　空腹？」

「昨日から何も食べていないよな。人間は空腹になると命の危機を感じて子孫を残そうとする本能が働く。だからそういう時に発情するんだ」

「では、食べればこれは治まるの？」

「たぶんね。もし治まらなければ俺が抱いてやるから寝台に来いよ。まあ、どうしても食べたくないなら今すぐやってもいいが？」

真っ赤になって寝台の上に座るミルフィアに、長い指を持つ手をサリハが差し出す。

「け、結構よ！　食事をしてきます」

天蓋の薄絹を捲《めく》り、慌てて寝台から出る。

「俺は夜まで寝る。昼に起きているのは魔族にとって身体に悪いんだぜ」

ミルフィアの背中にサリハが笑いながら言う声が届いた。


身支度を整えて朝食を口にすると、淫らな熱はすうっと治まった。

（サリハの言った通りだわ）

お腹が落ち着くと気分も落ち着く。

食事を終えると、葬儀の段取りや兵力の増強。攻め込まれて破壊された場所の修復。怪《け》我人《がにん》の治療。外国との講和や交渉など、大臣達が様々な問題を抱えてやってきたが、冷静に応対できた。

とはいえ、国政など父の後ろで見ていただけなので、取り仕切るのは初めてである。ひとつひとつ把握するのに時間がかかり、休む間もなくやらなければならないことが山のようにあった。

気がつくと陽は沈み、城内には明かりが灯《とも》されている。

「ご夕食の用意ができましてございます」

書類に埋もれたミルフィアに侍女が告げにきた。

「もう少し……いいえ、いただくわ」

キリのいいところまで片づけたいから後にすると言おうとしたが、空腹を覚えたのでやはり今食べておくことにする。

(朝のようになったら嫌だもの)

今朝は身体が淫らに疼《うず》く状態で食事をしたので大変だった。自分の身体の状態を知られていないとはいえ、侍女達に見守られているのもひどく恥ずかしかった。

(とにかく、早く食べて残りの書類を片づけなくては)

国内の視察に出た家臣達から、次々と指示を仰ぐ伝書が届いている。もたもたしていたらどんどん増えてしまう。体力がなければ処理し切れないと、ミルフィアはいつになく精力的に料理を口に運んだ。

「美味《おい》しい……」

非常時だというのに、宮廷料理人達は頑張って作ってくれたようだ。

香草《ハーブ》の効いた若鳥のローストはほどよい焼き加減で、パリパリした皮の食感が中のジューシーな肉を美味しく演出する。いつもは少ししか食べない川魚の蒸し料理も、半身の骨が見えるほどついばんだ。クリームがたっぷりと載ったデザートの甘さは、疲れた頭を癒《いや》してくれる。ぷるんとした甘いゼリーと甘酸《あまず》っぱい果実も美味しかった。

舞踏会で踊り過ぎた時よりも、たくさん食べたのではないかと思う。

「姫様。今日はお食事が進みますね。安心いたしました」

侍女頭のハヴィナが嬉しそうな顔で言った。

「食べないと体力を維持できないわ。それに、頭が疲れると身体が疲れている時と同じくらいお腹が空くのね」

食事を終えたミルフィアは、紫色のシアールを口にする。エミエルア特産のお茶で、飲むと少しだけ身体がふわふわする作用があり、疲れを癒してくれるのだ。

(このシアールはルカの好物だったわね)

昨年の春の宴《うたげ》で飲み過ぎて、腰を抜かして大臣達から叱られていたのを思い出す。

「そういえば、ルカはどうしたのかしら？」

　塔で気を失ってから今まで、ルカに会っていなかった。給仕をしている侍女にルカのことを問いかける。

「あ、あの、ルカ様は……」

　ミルフィアの後ろに控えていた侍女頭のハヴィナが、困ったように声を発した。

「どうしたの？」

「実は……地下牢に……おいでです」

「地下牢！　どうして？」

　驚いて問い返す。

「気を失っていらした姫様と塔から戻られてすぐ、サリハ様を侮辱《ぶじょく》するような発言をした上に、剣で切りつけられたのです。塔でかなり恐ろしい目に遭ったせいで、気が動転してしまわれたのではないかと、サリハ様が申しておりました」

　暴言を喚《わめ》き散らしながら暴れるので、拘束して地下牢に収容したらしい。

「なんてこと。気は小さいけれど暴れるなんて今までなかったわ。きっと一時的なものよ。地下牢は寒くて暗くて、小心者のルカには可哀想《かわいそう》だわ。早く出してあげて！」

　看守に命じてくれとハヴィナに告げると、

「それが……。もしかしたらよくない魔物に取り憑かれているかもしれないから近寄ってはいけない。看守が誑《たぶら》かされたら大変だからと、鍵はサリハ様がお持ちなのです」

サリハの許可がなければ、ルカを地下牢から出すことは出来ないという。

「まあ……」

魔物とは自分のことではないかと内心呆れる。

「では、サリハが目覚めたら出すように言わなくてはいけないわね」

「サリハ様ならすでにお目覚めになり、食事を終えて西翼のテラスにおいでです」

「あらいつの間に……」

「すみません。姫様の執務に差し障《さわ》りがあるといけないから言わなくてもいいと、命じられておりました」

ハヴィナが深々と頭を下げた。

「わかったわ。それでは西翼にいくので、向こうにお茶の用意をしておいて」

「はい。かしこまりましてございます」

ミルフィアは立ち上がり、ドレスの裾を翻《ひるがえ》して西翼に通じる廊下へと出た。

王宮殿の廊下は、敵の襲撃で床のあちこちに穴が開き、軍靴で踏み荒らされたために傷だらけである。壁も砲弾の衝撃で絵や飾りが落ち、鏡もいくつか割れていた。

調度品も少なくなっている。略奪をされたのと、陶器の飾りものなどは倒れ落ちて壊れてしまったのだろう。天井に連《つら》なるクリスタルのシャンデリアも数が減っていた。

ほんの数時間攻め込まれただけでこの被害である。もしサリハの助けがなければ今頃どうなっていたのか……。彼が助けてくれなかったら、ここは廃墟《はいきょ》と化していたかもしれないと、改めてぞっとした。

(あの人のおかげで助かった……？)

自分の純潔と引き換えにしたのだから、このくらい当然と言えなくもない。でも、彼が自分にしたことは、オデムがしようとした陵辱と同じではなかった。

オデムは嘘つきで卑怯者である。ミルフィアを辱めて自分の快楽だけを追い求め、国を滅ぼしていた可能性が大きい。

一方サリハは、精気を得るためにミルフィアを気持ちよくさせることばかりしていた。そして精気を得たあとは約束通り敵を追い払い、国を守ってくれているのである。

純潔を奪われてしまったけれども、サリハが国を助けてくれたのは確かだ。そしてミルフィアに唯一有効な手を差し伸べてくれたとも言える。

(もしかしたら、お礼を言わなければならないのかしら)

と、周りを見渡しながら歩く。

その時、

「え……っ！」

ひびの入った鏡の中に、険しい表情で自分を見つめる女がいることに気づいた。

ブロンズ色の髪をぐしゃぐしゃに振り乱し、眉間に皺《しわ》が寄っている。喪中《もちゅう》を示す水色のドレスのフリルやレースもよれていて、胸元にはインクのシミが飛んでいた。

「これ……わたし？」

恐ろしげな表情でこちらを見ているのは、鏡に映ったミルフィア自身である。

全身から疲れが滲《にじ》み出ていた。朝食前に侍女達から身支度を整えてもらってから、身だしなみを直していなかったのを思い出す。

休みも取らずに政務をしていたせいだ。

(仕方がないわ)

きゅっと唇を噛み締め、鏡に映る自分から顔を背《そむ》ける。

髪型やドレスにだけ気を遣えばいいという、のほほんとした王女の暮らしはもう許されない。

自分はこれからもっと険しい表情になり、身体も疲れるのだろう。それがエミエルア王家の血を唯一引く者としての運命なのだ。

言い聞かせるように心の中でそう思うと、西翼に向かって歩き出す。広い廊下を突っ切り、西翼に通じる角を曲がると、女達の明るい声が聞こえてきた。

(何事？　またサリハが侍女達と？)

昨日目覚めた時、彼を囲んで侍女達が笑い声を上げていたのを思い出す。サリハは淫魔の力を持っているせいか、女達を引き寄せる力があるようだ。

王女の自分がこんなに苦労しているのに、侍女達もサリハもいい気なものだと思いながらテラスが見えるところまでいくと、

「あれは……っ！」

目に映る光景にミルフィアの足が止まる。サリハを囲んでいるのは侍女ではなく、華やかなドレスに身を包んだ上級貴族の令嬢達だった。

大臣や上級貴族でも、謁見《えっけん》の間の奥にある領域には入ってはいけない決まりになっている。許可なく入れるのは宰相だけだ。

「なぜ王宮の内殿にあの者達が？」

振り向いて後ろからついてきていたハヴィナへ問う。

西翼は国賓《こくひん》クラスの来客をもてなす迎賓《げいひん》棟に続いているとはいえ、王族の居住する領域だ。このあたりは謁見の間の外側になっているが、気軽に入っていい場所ではない。

「あのご令嬢の方々は、王宮に避難していらっしゃったのです」

昨日は貴族の屋敷にも敵の兵がやってきた。敵兵が消えるまでの間、貴族の令嬢達は襲われて大変だったと告げられる。

「混乱が収まるまでは王宮で保護していてほしいという大臣達の願い出を、サリハ様が昨晩受け入れて下さいました」

大臣などの上級貴族は、情勢が収まるまでは宮殿に詰めていなければならない。その間領地に残している家族が心配になるのは理解できる。

特に年頃の娘を持つ者達は気が気ではないだろう。内殿に隣接するここなら、自分達の仕事場の近くだし警備は万全で安心だと考えたようである。

「そうなの……」

王女の自分を差し置いて勝手なことをと思ったが、政務に忙しくて貴族達の家族のことまで考えが回らなかったのは事実だ。ここでサリハの勝手な采配《さいはい》を咎《とが》めるわけにはいかないと考え直す。

だが……。

(なんなの？)

サリハは父王が愛用していた豪奢な椅子に腰かけ、シアール酒と思われるグラスを手に

していた。優雅なしぐさでグラスを口に運びながら、両側にいる女性達の話に耳を傾けている。その様子がとても親しげで楽しそうだ。

サリハの右側にいる金髪で豊満な胸を揺らしているのは、宰相の孫娘のドアリアで、左側に立つ赤毛の女性は右大臣の娘のメリエである。どちらも宝石と花を髪やドレスに飾り付け、華やかな笑顔でサリハに話しかけていた。

「サリハさまぁ。私の屋敷にはシアール酒が泉のように湧く噴水がありますのよ。毎年春には新酒を大樽で十杯もそこに注いで、皆で宴《うたげ》をしながら飲みますの。今度いらしてくださいな」

サリハの耳に口を近づけて、ドアリアが言った。ぽってりとした彼女の唇が、サリハの耳にキスをしているかのように見える。

「それに、私の家にはエミエルア一と言われるお菓子職人がおりますのよ。亡くなられた国王様もお認めになった腕前で、今度お菓子の城を作らせる予定です。サリハ様にまず味見をしていただきたいわ」

少し開きすぎではないかと思われるドレスの胸元をサリハの肩に押し付けた。メリエもサリハにくっついているけれど、ドアリアの方がずっと積極的である。

「それは魅力的な話だね」

薄く笑みを浮かべて、ドアリアの胸元に視線を這《は》わした。

（なんて節操のない人なの！）

少し前まで彼に感じていた感謝と、それにより陵辱を許そうと思っていた気持ちが萎《しぼ》んでいく。

自分が政務に忙しくしている時、サリハは鼻の下を伸ばして貴族の娘達と遊んでいたのである。

「あ、ミルフィア様」

メリエがつかつかと足早に近寄ってくるミルフィアに気づいた。顔を上げたサリハはミルフィアを認めて笑みを浮かべる。

「どうしてルカを地下牢などに入れたの？　彼は宰相やわたしの従者なのよ」

彼の笑顔を撥《は》ねつけるようにきつい視線を向けて質問する。

「ルカ？　誰だそれ」

「わたしと一緒に塔にいた従者よ。重罪人用の牢に入れるなんてひどいわ」

気弱で情けない男であるが、名門貴族であるミシル伯爵家の男子である。

「ああ、あれか、金髪の無能者」

馬鹿にしたように笑った。

「無能って……。と、とにかくすぐに出して！」

ルカが無能なのはミルフィアにもわかっているが、家臣をサリハに侮辱されるいわれはない。

「俺よりあんな無能従者がいいのか？　我が婚約者殿が不実な姫君だったとは」

茶化しながら立ち上がる。

「なにを言ってるの？　ふざけな……」

ミルフィアの言葉を遮《さえぎ》るように、サリハがすっと手を上げた。

「こんなところでする話ではないだろう」

場所をわきまえろとばかりに手のひらをミルフィアに向ける。

「え？　ええ……そうね……」

侍女など内殿に仕える者達は、中でのことを口外しないよう厳しく躾《しつ》けられている。しかし、貴族の令嬢達は違う。ここで見聞きしたことを外に言い触らすことは大いにありえた。

「向こうでゆっくり話そう」

ミルフィアの背中に手を添える。

「わかったわ……」

背中にサリハの手を感じてどきっとした。

「サリハ様ぁ。もう行ってしまわれるの？」

「もっとお話がしたかったわ」

サリハに軽く肩を抱かれながら歩き出すと、後ろで二人が不満そうにつぶやく声が聞こえた。

（彼はわたしの婚約者なんだから当然でしょう）

仮とはいえサリハは自分のものなのだ。なのにサリハときたら、彼女達に『またね』というような笑顔を向けている。それに少しむっとしていると、

（あっ！）

胸の奥にキリキリとした嫌な違和感を覚えた。すぐにそれは消えたが、そこから連動したかのように、腰骨の奥からじわりと熱が発生する。

（これは……）

今朝、朝食前に覚えた淫らな熱に似ていた。

（まさかそんなはずはないわ）

ミルフィアは先ほど食事をしたばかりである。

「ん？　どうかしたか？」

廊下を歩きながら、サリハの腕にしがみついてしまう。

「いえ、な、なんでもないわ。早く行きましょう」

なんだか嫌な予感がした。とにかく自室に戻ろうと、彼の腕を掴んだまま足を速めた。


こみ入った話になるかもしれないからと、侍女達が控えている居間ではなくミルフィアの寝室に二人で入った。

「地下牢の鍵をちょうだい。ルカを出してあげないと」

寝室に入るなり、サリハに手を差し出す。

「それは駄目だ」

天蓋の薄絹を捲り上げ、寝台にどっかりと腰かけたサリハは艶やかな黒髪を揺らして顔を横に振る。

「なぜなの？」

「あれは俺の正体を知っている」

「それはそうでしょう。わたしと一緒に塔にいったのですもの。でも、あなたの術で忘れさせればいいのではないの？」

他の家臣や侍女達のように、リシリアフの王子でミルフィアの婚約者だと思わせればいいだけだ。

「かからなかったんだ」

サリハの返事に驚く。

「術がかからなかった？　なぜ？」

「さあ……なぜかは俺にもわからない。何度も強くかけたが、俺を指して魔物だと喚き、王女のおまえを誑かしているのだと叫び続ける。その度に、周りの者に忘れさせる術をかけるのが大変だった」

言いながら眉間に皺を寄せる。

「どうしてかしら……」

「俺を召喚《しょうかん》した時に、おまえといたからかもしれないな。召喚主《しょうかんぬし》にだけは、俺の正体を誤魔化せないんだ。でも、一緒にいただけでそんなことになったりしないんだがな……」

不思議そうに首を捻る。

「ルカは魔物を退治しようとする意志が強いのかもしれないわ」

「退治？　あの腰抜けが？」

まさかとサリハが笑う。

「腰抜けって言わないで！」

「だってそうだろう。呼び出されて魔界の鏡でここを覗いたら、あのオデムとかいう男におまえを捕らえられても、何もできずにいたじゃないか」

「初めから見ていたの？　だったらどうしてもっと早くきてくれなかったの！」

責めるようにサリハに言う。

「行かなければならないほどの事態かどうか、見極めてからと思ったからね。とりあえず鏡を通じて、おまえの足に敵を吹き飛ばす魔力を送っておいたんだ」

だから簡単にあいつらがふっとんだだろと笑った。

「あれはサリハの魔力のせいだったの？」

初めて知る事実に目を見開く。軽く蹴っただけで、オデムも兵達も簡単に吹き飛んだわけがわかった。

「まあね。なかなか面白かったよ」

「見てないですぐに助けに来てくれればよかったのに」

意地悪だと膨れる。

「助けに行くには、精気を吸う価値のある相手でないとな。その確認もしていたんだ」

ふふんっとミルフィアの胸に視線を向ける。

「なにを失礼なっ！」

サリハの視線から隠すように胸に手を当てた。

「隠さなくてもいいだろう。さっきの女達は向こうから積極的に俺に胸を押し付けてきたぞ。二人ともおまえのより大きかった」

手で大きさを示す。

「む、胸の大きな女性が好きなのね。赤ん坊みたい」

嫌みを込めて言い返した。

「ああ、赤ん坊と同じかもしれないな。大きい方が精気を吸いやすいからね」

真面目《まじめ》に返されてしまう。

（この人ってまさか……）

嫌な考えがミルフィアの頭に浮かぶ。

「ドアリアの胸はあなたにとって理想的ってこと？」

「ん？　ドアリアとは金髪の娘か？　味がよければそうかもな」

（やっぱり……）

胸が大きくて味がよければ誰でもいいということである。

サリハの答えになぜだかひどく衝撃を受けた。それと同時に、ミルフィアの中にいやな考えが浮かぶ。

(王女がドアリアでも助けに来たってことよね？　もしかして、ドアリアならもっと早く助けに来たってこと？)

女としてのプライドを傷つけるような結論に達してしまう。

「そ、それではこれからは、わたしの代わりにドアリアから精気をもらえばいいわ。彼女もそれを望んでいるようでしたものね」

ふんっと横を向いた。

「そういうわけにはいかない。あの娘は召喚主ではないからな」

「召喚主の精気でなければならないの？」

横に向けた顔を戻して聞き返す。

「まあね。おやつ程度に遊びで吸うにはいいけどな」

(遊びでって、なんて不実な……)

「それより、その汚れた服を脱いだらどうだ？」

執務のあれこれやインクなどで汚れたドレスに視線を這わせる。

「あ……そ、そうね。着替えるから出ていってちょうだい」

ツンとしてサリハに命じた。

「着替える前に精気を吸わせろよ」

「なんですって？　い、今はいやだわ」

召喚主だから仕方なくミルフィアを吸うと言ったサリハの態度に、強い憤りを感じている。国を守るために我慢しなければならないことはわかっているが、こんなことを知らされた今すぐは嫌だ。もう少し後にしてくれと言おうとしたのだが……。

（あ……）

ミルフィアの身体に異変が生じた。腰骨の奥に熱の火が灯り、それがどんどん膨らんでいく。乳首が硬くしこり、下腹部がジンジンと疼いた。

（これって）

今朝、サリハから発情だと指摘された時と同じ状態である。

「やだ、熱が……」

どんどん淫らな熱に侵食されていく身体を、困惑しながら自分の手で抱き締めた。サリハもミルフィアの異変に気づいたようである。

「熱くなってきたのか。それなら早く脱げよ」

苦笑のような笑顔を向けて言った。

「なんでこんな……」

自分の身体の状態にうろたえる。

「なんでって、空腹だからだよ」

「食事は終えたばかりよ。お腹は空いていないもの」

だから発情するはずはないと訴えた。

「おまえではなく俺が空腹だからだよ。俺の腹が減るのと連動して、おまえは発情する。食事をしてもしていなくてもね」

「なぜ？」

サリハの説明内容に驚愕《きょうがく》しながら質問する。

「おまえの体内に俺の熱を注ぎ込み、契約が成立しているからだよ。魔族との契約とはそういうものだ」

（あれが契約ですって？）

「そんなこと、聞いてないわっ！」

「いちいち説明している暇はなかったし、国を助けてくれるなら自分はどうなってもいいと言ってたよな。それともあれは嘘だったと？」

「う……うそでは……」

切り返されて言葉に詰まった。

「それでは約束を果たせよ。もたもたしていると空腹で俺の力が弱まるぞ。距離が遠いところから届かなくなる。国境にいる兵から板きれに戻り、敵国がすぐに攻撃してくるだろう」

「それは困るわ」

今までの我慢が無駄になってしまう。

「どうしても嫌ならさっきの娘を連れて来い。一時的ならそれで我慢してやってもいい」

「ドアリア達の精気を吸うって?」

「そうすればいいとおまえが先ほど言っただろ」

「言ったけれど……」

サリハの手が彼女達の胸を掴み、魅力的な唇で吸う姿を想像したら、すごく嫌な気持ちになった。

「か、彼女達を差し出すわけにはいかないわ。わたしだけにして、他の女《ひと》には手を出さないで!」

淫らな犠牲者になるのは自分だけで充分だと告げる。

「それならぐだぐだ言わず、素直に吸わせろよ」

「わかったわ」

ミルフィアは汚れたドレスを脱ぎ、普段着用の簡易コルセットとふわっとした白いパニエだけになった。

サリハに命じられて、寝台の上に座る彼の腿《もも》を跨《また》いで、膝立ちになる。

「これも脱いでおけばいいのに」

胸元で結んでいるコルセットの紐にサリハが手をかける。

「でも……」

昨日淫らなことをたくさんされたとはいえ、男性の前で裸になるのは恥ずかしい。真っ赤な顔でうつむくと、紐が解《ほど》かれているのが目に入る。

結び目が緩み、レースの白いコルセットの前が開く。窮屈《きゅうくつ》そうに収められていた胸が、ふわんと外に出てきた。

「弾力があっていいね」

嬉しそうにつぶやく彼の目線の少し下に、露わにされたミルフィアの胸が揺れる。白くて丸い胸と薄紅色の乳首を、じっと観察するように見つめられた。

(大きさ以外はドアリアよりもいいかしら……。やだ、わたしったらなにを！)

ふと浮かんだ言葉に慌てる。

ここで彼女と比べてどうするというのだ。サリハを巡って乳房で対決しているわけではない。彼が素敵な外国の王子で花嫁を探しているのならば話は別だが、実はサリハは淫魔の力を持つ魔物なのである。王女である自分が家臣の孫娘と魔物を取り合うなんて、馬鹿馬鹿しい話だ。

(そうよ。この人は淫魔なのだから)

自分の胸をこうして嬉しそうに揉みしだいているのは、精気を吸いたいからであって、ミルフィアが好きで愛を込めてしたいからではない。

「あ……は……っ」

舌先で乳首を転がしながら味わうのも、

「んんっ、あぁっ」

唇に挟んだり指で弄《もてあそ》んだりするのも、

「……あぁぁんっ！」

快感を高めて精気を吸うためだ。

「や……あっ」

感じれば感じるほど空しい気持ちになり、嫌がるようにサリハの肩を押す。

「いや？」

ミルフィアの上げた言葉に怪訝な表情を浮かべ、すっとパニエの中に手を入れた。

「なにをっ！」

「本当にいやなのか確かめているのさ」

下着のドロワに手をかけられる。結んである紐が引っ張られ、腰で止まっていたそれが緩んだ。

「やめ……あっ、んっ」

やめさせようとしたけれど、片方の手で背中を引き寄せられて乳首を吸われ、その刺激に抵抗の力が抜けてしまう。

（ああ……下ろされて……）

ミルフィアの秘部と足が剝き出しにされた。

「おまえの肌は胸だけでなく、ここもすべすべしていていい」

パニエの中に入れた手で、腿の内側を撫でる。膝を閉じたいが、間にサリハの足があるから出来ない。

胸を吸われながら撫で擦られるとゾクゾクする。

「はぁ……」

拒否の言葉を発したいのに吐息しか出なかった。手は内腿を撫でながら、上へと移動していく。

(ああ……そこは……)

彼の手は、ミルフィアの秘部に向かっていた。敏感な内側の肌を擦り、ゆっくりと足の付け根に近づく。

「……ぁんっ……」

秘部に到達した指は、すうっと確かめるように花唇をなぞった。

「やっぱりもう濡れている。これのどこが嫌なんだ?」

笑いながら秘蜜を滲ませている花唇をくすぐる。じんっと快感が伝わってきて、そこが更に濡れたのを自覚した。

「やぁあっんっ」

「だから、これは嫌という反応ではないだろう」

割れ目を指が何度も往復する。すでに濡れてしまっているそこは、ヌルヌルとしたいやらしい刺激をミルフィアに与えた。

サリハの指に感じて、ビクンビクンと腰が痙攣《けいれん》する。

恥ずかしくて止めたいのに、感じる身体をコントロールすることが出来ない。はしたなく身体が痙攣し、弄られたそこから蜜が溢れる。

「すごいな。指の付け根まで濡れてきた」

「あ……んっ、はぁ……あっ」

高まる快感に、押していたはずのサリハの肩を摑み、喘ぐ。

「いいって言えばもっといいことをしてやるぞ」

(いいこと……?)

彼の指は花唇を撫でているだけである。

花びらを割って中に挿れたり花芯を弄ったりされたらもっと気持ちいいことを、ミルフィアの身体は知っていた。

そして、強い快感とともに訪れる絶頂も、昨晩教え込まれている。

「んぁ……あ……い、い」

「何? はっきり言わないとこのままだよ」

濡れた指の腹を焦らすように、少しだけ花唇に触れさせた。焦らされることに慣れていない身体は、腰を振ってサリハの指を追い求める。

だけど彼の指は嘲笑うように逃げていく。そして逃げてもすぐに戻ってきて、再びくすぐるように秘蜜の壺の入り口を撫でるのだ。

もっと強い快感の刺激が欲しい。もっと奥までしてほしい。頭の中がそのことで埋め尽くされる。

「いい……すごく、いいから……もっと……」

「もっと？」

「もっと、いいことを……して……」

ついにはしたない要求を口にしてしまった。

「いい子だ」

ミルフィアの言葉を聞くと満足げな笑みを浮かべて、指先を股間から離す。

（ど、どうして？）

もっと刺激してほしいのに止められてしまった。

「これではやりにくい。向きを変えて腰を上げろ」

ここをサリハの眼前に晒《さら》せという。

「そんなこと……出来ないわ」

うつむいて拒絶の意思を伝えた。すると、

「きゃっ！」

ふわりと身体が持ち上がり、勝手に身体の向きが変わる。そのままサリハの足を跨ぐ形で下ろされた。

（きゃあぁぁあっ！　なんてこと！）

サリハの足首のあたりにしがみつく形になり、腰だけが上がっている。パニエがめくれ上がっているため、彼の眼前にミルフィアの秘部が晒されていた。

「や、やめっ……ぶれい……んっ、あっ、うぅぅ」

やめなさい無礼者《ぶれいもの》、と言いたかったのに、花唇に触れられて感じてしまい、甘い喘ぎ声に変えさせられる。

「たっぷり濡れて美味そうだ」

花唇を開いて中の濡れ具合を確認された。蜜壺の入り口を開かれたせいで、中からとろりと蜜が流れ出る。

敏感な花芯に向かって蜜は流れ、花芯の先端から滴《したた》り落ちた。

「は、ふぅ……んっ」

滴る刺激が甘い快感を運び、ミルフィアに吐息混じりの喘ぎ声を上げさせる。

「もったいない」

サリハが花芯から落ちる蜜を舌で掬《すく》うように舐め取った。

「あぁぁ、そんなとこ、舐めたら。あぁんっ！」

気持ちよすぎる快感に、たまらず腰を揺らしてしまう。

「うん。美味い。病《や》みつきになりそうだ」

花芯の蜜を舐め取ると、花唇に舌を這わす。

「はぁ……あぁ……」

蜜に濡れた秘部をあますところなく舐められて、ミルフィアの意識から拒絶の文字は消え去り、快感を追い求めるだけになった。

「いくらでも溢れてくる。中がぐしゃぐしゃだ」

蜜壺に指を挿れられた。

「ああ、い、いぃ……」

「おまえも俺の指を美味そうに食べているよ」

中がきゅうっと締まったと言いながら、挿れた指を軽く抽挿する。くちゅくちゅと蜜が溢れ、甘い官能が蜜壺から広がっていく。

指で中を刺激しながら、花芯や花唇へもサリハは舌を這わせる。蕾《つぼみ》の襞まで舐められて、全身が快感に埋め尽くされた。

「はぁ……もう……おかしく、なってしまい……そう」

男を知ったばかりのミルフィアは、慣れない快感に溺れ、どうしていいのかわからない。

指の動きに合わせるように、どくんどくんと胸の鼓動が鳴り響く。

「まだ舐めているだけだよ。本番はこれからだ。この程度でおかしくなっていたらもたないぞ」

笑いながら蜜壺に挿入していた指を抜いた。抜かれた蜜壺の入り口に、温かくてやわらかいものが押し当てられる。

「ふあぁ……」

サリハがミルフィアの花唇に口づけをしていた。指によって開かれたそこへ、彼の唇から割って出た舌が侵入し、新たな刺激がもたらされる。

「んっ、あっ、もう……」

感じ過ぎてたまらないと悶えながら訴えた。

すると、

「……酔《すい》の果実、淫《いん》の蜜、結びて溢れる精を、我に与えよ……」

何度か耳にした呪文の声が聞こえてきた。

「……っ！」

声も出せないほどの強い快感がミルフィアの身体を走り抜ける。サリハに精気を吸われたのだ。

気を失うほどの強い快感に、目の前が真っ白になる。

だが、

「は……んんっ、くっ……」

意識は強い圧迫感によって現実に留まらされた。

蜜に濡れた花唇を押し広げ、指よりもずっと太い熱棒がミルフィアの身体に挿入されようとしているのである。

「や……っ、そ、そんな……」

「自分だけいい思いをして終わるのはずるいだろう？」

腰を抱えてミルフィアを四つん這いにし、後ろから突き挿れていた。昨日と同じく、またしても油断している間に犯されてしまっている。

「してほしいって言っただろう？」

「それは……違っ、あ、んんっ」

弄ってほしいとは言ったが犯してほしいわけではない。強く否定しようとしたけれど、官能の熱でドロドロになっている蜜壺に挿入《はい》ってきたそれは、中のいいところを余すところなく刺激した。

「はぁぁ……っ」

背中と喉を反らし、強い官能に思わず愉悦の吐息を漏らしてしまう。息が止まりそうなほど熱くて淫らな快感が、彼を受け入れた蜜壺から伝わってきた。

「約束通りいいだろう？　というか、そんなに感じるとは、おまえって淫乱な身体をしているよな」

「い、いんら……なんかじゃ」

淫乱などではないと喘ぎながら否定する。

「でも中が濡れ過ぎてグチュグチュだし、俺をすげえ締めつけてるよ。感じてなければこんなにはならない。ほら、おまえにもわかるだろう？」

苦笑しながらミルフィアの腰を抱えて上下させた。

「ひゃぁっんっ……はぁっ、そ、れは、あなたが……魔力で……」

サリハの魔力で淫乱にさせられているのだと訴える。

「俺は欲情させる魔力しか使ってないよ。それに、魔力で感じさせた精気は美味くないんだ」

腰を抱えていた一方の手が、ミルフィアの下腹に回った。先ほど舐められた花芯を指で擦られる。

「んんっ！　だめ……いっしょにしたら……あぁっ！」

抽挿と同時に花芯を弄られると、ビクビクと痙攣をしてしまうような快感が走る。恥ずかしくて止めたいのに、勝手に身体が動いた。

「気持ちいいだろう？　俺もいいよ」

更に強くミルフィアの中に押し込み、官能の芯を執拗にまさぐる。

「くっ、やぁ……んっ」

感じ過ぎることが辛くて首を振った。

「こんなに蜜を溢れさせているのに嫌なのか？」

濡れそぼった芯をわからせるように、サリハは指の腹で蜜をねばつかせながらそこをつつく。

「ひゃぁんっ、か、感じ……すぎる、から、やめ……て」

半分嬌声《きょうせい》を上げて訴える。

「なんだ感じるからか」

笑いながら言うと弄る手を止め、抜き差しもゆっくりにした。

「はぁ、ぁ……」

強すぎる刺激が弱まり、ミルフィアは息をつく。ほっとした首筋と肩のあたりに、ふわりとした熱を感じた。

「俺を挿れられて、善《い》いんだろう?」

耳元で囁くように問われ、今感じた熱は後ろからミルフィアを抱き締めたサリハの吐息だと気づく。

「い、いい……わ」

官能に支配され、素直に淫らな感想を口にする。

「いい子だ」

後ろから腕を回し、ミルフィアを抱き締めながら乳房をやわらかく摑んだ。

「毎晩こうして俺に精気を与えるんだぞ」

しこった乳首を摘まみ、抽挿を速めながら命じる。

「はぁ、あ、んっ、わ、かった、わ」

感じて中にいる彼を締めつけながらうなずくと、首筋にサリハが唇を押し付けた。

「な、なに?　あぁんっ」

首筋を吸われただけなのに、敏感な乳首や秘部を吸われたのと変わらぬ快感が、背筋を走り抜けて驚く。しかもそれは、サリハを受け入れている熱くて淫らな秘蜜の壺にも届き、彼から与えられる抽挿と連動して全身に広がった。

「どこも感じるだろう？」

　腰を速めながら問われる。交接部から上がる淫らな水音が部屋に響いて恥ずかしい。でも、与えられる快感に抗《あらが》えなかった。

「あ、あ、だめ……っ、ま、またいっちゃう……」

　一度絶頂に達していたミルフィアの身体が、更なる高みにある二度目の頂点へと駆け上がろうとしている。

「もう達《い》きそうなのか。もう少し愉しんでからと思ったが……。まあいい。俺を注いでやろう」

　これからは毎晩愉《たの》しめるからなと、熱棒の抽挿を強めた。

「あ、あっ、だめ、中が……熔けちゃ、う……くっ」

　彼の動きに合わせて、どくんどくんと鼓動が耳の中で響く。出し挿れされているそれがぐっと膨らんだのを感じる。

「いくぞ」

　サリハの少し切羽詰《せっぱつ》まったような声が聞こえてすぐ、中に熱い飛沫が注ぎ込まれた。蜜壺に広がる彼の熱は、神経が焼き切れてしまいそうに熱い。

「ひあぁぁぁぁぁっ…………んっ！」

快感の絶頂に押し上げられ、嬌声を発してしまった。

全身が痺《しび》れてがくがくと痙攣する。

外にいる侍女達に聞かれてしまうと、声を抑える余裕はどこにもなかった。

4　くちづけは甘く褥は熱く

それからしばらくの間、昼は政務に忙殺《ぼうさつ》され、夜は起きてきたサリハに抱かれ、気がつくと眠っているという生活が続く。

様々な問題が後から後から湧き起こってきたが、重臣達が寝るのを惜しんで解決に尽力してくれたおかげで、翌朝にはいい方向へ片づいていた。朝の政務にとりかかったミルフィアは、毎日のように彼らの働きに感謝する。

サリハの魔力のおかげで敵が再び攻め入ってくることはなく、ミルフィアの頑張りと重臣達の働きにより、エミエルアの国内は少しずつ以前のような平和な日常を取り戻しつつあった。

父王が亡くなった当初は情けないと思っていた家臣達だったが、意外に有能だったことにほっとする。あとは、いかにして軍備を厚くするかだ。

（もう少し資金があれば……）

せっかくよい人材を揃えたのに武器がない。いや、あるにはあるがどれも古いのだ。武器庫に時代遅れのものや錆《さ》びて使えない武器がたくさん詰まっている。

長年、紫雲《しうん》の力で外敵から守られていたので、新しい武器の必要性がなかった。すでに所有している武器も使用する機会がなく、手入れされていなかったのが痛い。

「これではどうにもならないわね」

武器庫に入ったミルフィアは、錆びついた剣の山を見上げてため息混じりにつぶやく。

「なにがどうにもならないんだ？」

突然後ろから声がして、飛び上がりそうに驚いた。声の聞こえた方へ振り向くと、入り口に黒髪の男が立っている。

「サリハ……どうしてここに？　それにまだ陽《ひ》は落ちていないわよ？」

廊下から差し込んでくる午後の光に照らされ、黒髪が艶やかに輝いていた。

「ん。ちょっと用があって早く起きた」

あくびをしながら言い、長い髪をかき上げる。そんなちょっとしたしぐさでも、サリハにははっとするほどの格好良さがあった。

「どんな用……？」

問いかけたミルフィアの横に来て、手前の剣を手に取る。

「思ったよりもいい剣を収蔵していたな」

目の高さまで上げて、先端から付け根まで見回す。

「その錆びた剣が？」

錆びだけでなく刃こぼれもひどい。持ち手もボロボロで、どう見てもいい剣には思えなかった。

「きちんと研《と》いで磨けば使えるようになる」

「そうなの？　これ全部？」

よく見ようと剣の山に屈み込む。

「気をつけろよ。その山が崩れたら大怪我《おおけが》をする。今は寝起きでしかも昼間だから何かあっても助けてやれないぞ」

魔力の量が低下しているとけだるそうに言われた。

「く、空腹だから？」

「そういうこと。飯のいい匂いに誘われてここまで来たんだぜ」

意味深な目を向けられる。

飯とは、ミルフィアの精気《せいき》のことらしい。

「ひ、昼間からなんていやよ！　それにここは武器庫よ」

陽が落ちてからにしてくれと訴える。

「冗談だよ。それに、用があるから早く起きたんだって言っただろ」

「用って？」

「ここにある武器がどれだけ使いものになるか、見ておきたかったんだよ」

「見てどうするの？」

きょとんとして質問する。どうやらミルフィアの気配に誘われてここまで来たというのは、本当に冗談だったようだ。

「使えるものが多ければ新規に購入する数が減らせるし、研ぎ師や武器の修理と調整をする技師の手配がどれだけいるかわかるからな」

「どうしてサリハがそんなことをわからなければいけないの？」

「魔力に頼らなくてもやっていける国づくりをするんだろう？　俺だって早く魔界に帰りたいから協力してやってるんだよ」

どうだという顔で言われる。

「でもそれは、国防大臣がやる仕事よ。あなたがする必要はないわ」

「国防大臣は兵の調達と訓練の指示で手いっぱいだ。任せていたら、俺はいつまでも帰れない」

「そう……」

わかったとうなずきながらも、心の中に棘《とげ》のようなものが刺さったような気がした。

(早く帰りたいんだ……)

なぜかとても残念な気分になる。まるでサリハに魔界へ帰りたいと思ってほしくないというような……。

(そんなことはないわ!)

変なことを考えた自分の心を叱咤《しった》し、早く魔界へ帰れるようにこの国の自立を手伝ってくれるのだからいいことではないかと思い直す。

(でも……)

サリハが魔界へ帰ると思うと、どうしても気分が重くなる。

「おい。どうした?」

黙り込んだミルフィアの顔を覗き込むようにして問われた。サリハの美貌が突然眼前に来て、どきっとする。

「あ……、か、考え事をしていて……」

しどろもどろに返事をする。

「なにを？」

「えっと、あの」

サリハに魔界へ帰って欲しくない気がするなんて、言えない。

「こ、この武器が使えるなら助かるなって……」

誤魔化すように剣の山に近づく。

「ね、ねえ、こんな革鎧《かわよろい》も修理できるのかしら……あっ！」

鎧に手をかけようとしたところ、袖のリボンが剣の山に引っかかった。

背よりも高く積まれている剣の山がきしむ音を立て、頂点がぐらりと揺れる。見上げたミルフィアの目に、剣の山が崩れようとしているのが映った。

「危ないっ！」

「きゃああっ！」

錆びた剣が襲うように落ちてくる。

しかし、剣が落ちてくると思った瞬間、足が床から宙に浮いていた。サリハがミルフィアの腰を抱いて、その場から移動させてくれたからである。

もしその場に留まっていたならば、剣に埋もれて大怪我をしたに違いない。

錆びているとはいえ殺傷力のある剣である。顔には二度と消えない傷がつき、身体に重い障害が残るようなことになっていた可能性がある。

「ったく、気をつけろと言った矢先《やさき》にこれだ」

向こう側の安全な床に下ろされてミルフィアはほっと息をつく。

「あ、ありがとう」

ミルフィアよりもずっと荒い息をしているサリハに礼を言う。

「魔族に体力を使わせると、魔力を使うより高くつくぞ」

「まさか……今のは、魔力を使わなかったの？」

足が浮いたのは彼自身の力だったことに驚く。ほんの一瞬だったけれど、素早くミルフィアの腰を抱いて移したのだ。

「魔力をこんなところで無駄に使えない。他で大量に使ってるんだからな」

少しでも節約だと笑う。本当に魔力は使っていないらしい。

（なんだか……）

魔力だけしか取り得のない男だと思っていたが、それ以外でも頼もしいところがあったのだ。今までとは少し雰囲気の違う男らしさのようなものを、サリハに感じる。

しかし、

「してやった分の報酬をもらわないとな」

次の言葉でやっぱりいつもと変わらないと思う。

「だって、今のは頼んでいないわ！」

契約していないと言い返した。

「ではあれの下敷きになっていてもよかったのか？」

崩れて散らばり、今も錆び混じりの埃《ほこり》を舞い上がらせている剣を顎《あご》で示す。

「い、いいえ……」

助けてくれと頼んでいる暇はなかった。

「頼んでなくても助けてくれてよかったと思っているわ」

素直に認める。

「それなら、礼をもらってもいいよな」

「今、ここで……すぐに？」

武器庫でなど嫌だなと思う。

「すぐもらうよ。でもこんなところだからな。いつもとは違うものにしよう」

「違うもの？」

「俺に口づけしてくれよ」

首をかしげたミルフィアの耳に、不可解な言葉が届いた。

「……くちづけ？」

聞き間違いだろうか。

「おまえからしてくれたらそれでいい」

（サリハにわたしから口づけを？）

やっぱり口づけと言ったのだと驚く。

「そんなのでいいの？」

「うん。いいよ」

簡単なことではないかと思った。

閨《ねや》で乳首を吸われたり股間を舐められたり、犯されたりするのに比べれば、なんてことはない。しかし……。

美麗な顔に笑みを乗せて自分を見下ろすサリハを見ていると、なぜかひどく恥ずかしい気持ちになる。

胸の鼓動がドキドキと耳に響いてきた。

「どうした？」

赤くなって見上げたまま固まってしまったミルフィアを、不思議そうに見下ろして問いかける。

（きゃっ……）

彼の美貌が近くに来て、いっそう恥ずかしい。ここから逃げ出してしまいたいと思ったけれど、そういうわけにはいかない。

「あ、いいえ、あの……も、もう少し……かがんで、くれないかしら」

「こうか？」

更に接近した彼の顔に、目眩《めまい》のようなものを感じる。優雅で上品な美貌は、ミルフィアが素敵だと思える容姿そのものなのだ。

（もしかしたら、淫魔なのだから召喚主《しょうかんぬし》の好み通りに容姿を変えているのかもしれない）

そう思っても、胸の鼓動《こどう》は治まらなかった。とはいえ、このまま固まっているわけにはいかない。

（しなくちゃ……）

息をひとつ吐くと、思い切ってサリハの形のいい唇に自分の唇を寄せた。彼の唇に自分の唇が触れる。

「ん……っ！」

触れた感触にびっくりして、すぐさま顔を離してしまった。

こんな、あっという間の口づけでサリハが納得するとは思えない。いつもは寝台で交わりながら、お互いの舌を絡めたりする濃厚で淫らな口づけを長い時間しているのだ。

けれど、上目遣いに見上げたミルフィアの目に、満足そうな笑みを浮かべて自分を見つめる顔が映った。

「思った通り、おまえからもらうと美味《うま》いな」

本心からと思える笑顔と声である。

「あ、あなたからするのと味が違うの?」

「かなり違うよ。精気は奪うのではなく、もらった方がずっと美味い」

サリハはうんうんとうなずいた。いつもは傲慢《ごうまん》な態度なのに、今日はなんだかとてもやわらかな印象を受ける。

「そうなの……あ、あの、サリハ」

いつの間にか彼から右手首を摑まれ、腰にも手を当てられていた。サリハの顔には、もう一度してくれと言っているような表情が浮かんでいる。

(どうしよう……)

ミルフィアの中にも、恥ずかしいけれどもっと彼と触れ合いたいという気持ちが膨らんでいた。

自分から触れた彼の唇は思ったよりもやわらかくて、そして冷えていた。あの唇に再び触れて、自分の体温で温めたい。唇をくぐり抜けて、彼の舌とも交わりたい。

頭の中が、はしたない要求に埋め尽くされていく。

「サリハ……」

とても自然に彼の唇へと引き寄せられ、再び二人の唇が重なり合う。

二度目に触れた時は、うっとりとするだけで驚くことはなかった。

「美味いな……」

唇を少しだけ離すと、嬉しそうにつぶやく。

「もっといる？」

と聞きながらも、もっと口づけをしたいとミルフィアは思う。

「ああ、いる。くれよ」

彼の返事に誘われるように、再び唇を重ねた。自分からおずおずと舌を彼の口腔へ差し入れると、優しく迎えられ、絡み合う舌にぞくぞくした。

（気持ちいい……）

口づけをしているだけなのに、ふわあっと意識が浮き上がるほど感じている。

「ん……く……ぁん」

嚥下《えんげ》した彼のだ液は極上の酒のように美味しかった。はしたなくも唇に吸い付いて、もっと欲しいとすすってしまう。

『ミルフィアさまあぁぁぁ』

ミルフィアを捜す侍女達の声が、遠くから聞こえてきた。

(ああ……わたしを捜さないで……)

しばらくここでこうしていたい。

『ミルフィア様あぁー』

廊下から聞こえてくる声がどんどん大きくなってくる。いくら相手が婚約者とはいえ、武器庫で口づけなどしてはいけない。

だけど、わかっていてもやめられない。

(もう少し、あと少し足音が近づいてくるまで)

と、口づけを続けてしまう。

ギリギリまでこうしていようと思っていたけれど、ミルフィアが離れる決断をする前に、サリハの方から唇を離してしまった。

「あ……」

もう少ししていたかったのにと、つい残念な表情を浮かべてしまう。そんなミルフィア

を優しい目で見下ろし、

「俺がいる間は守ってやるから安心しろ」

サリハは笑みを浮かべて宣言すると、身体も離した。

(守ってくれる……)

口づけでぼうっとなったミルフィアの意識に、彼の言葉は蕩《とろ》けてしまいそうに甘く響いた。

まるで、好き合っている恋人が、隠れてしているような口づけだったと、後になって思う。

5　恋は嫉妬を連れてくる

翌日の朝。

朝食を終えて王宮の執務室に向かおうと立ち上がったミルフィアの元に、

「急ぎご相談いたしたいことがございます」

慌てたように宰相《さいしょう》がやってきた。初老の宰相はこの数日で髪がどっと減り、皺《しわ》の数も増したように見える。おそらく、今回のことで心身ともに疲れ切っているのだろう。

ミルフィアも同じだった。父の死を悲しむ時間も取れず、ひたすら国のことに頭を痛めている。

「話は執務室で聞くわ」

王族専用の場所では少しでも休んでいたいので、国政関係の話をしたくない。

「申し訳ございません。ですが、他の者に聞かれたくない話もございまして……」

侍女達も居間で控えているよう命じられたらしく、王族専用の食堂にはミルフィアと宰相の二人だけになっていた。

「どういう話？」

諦めて食堂の椅子に腰を下ろす。

「武器もなんとか揃いそうですし兵士の教育も順調です。サリハ様が連れてきて下さったリシリアフの兵と交代できる日も近いでしょう。それは大変よろしいことなのですが……」

困った顔で目を伏せる。

「何が問題なの？」

「リシリアフの兵と交代する前に、新組織となった国防軍の旗揚《はたあ》げ式をする必要がございます。出来ましたら明後日《あさって》あたりに執《と》り行いたいのでございます」

「そう。いいと思うわ」

「ありがとうございます。ですが……旗揚げ式で先頭に立つ指揮官が問題でして」

伏せた目を上げてミルフィアに向けた。

「軍長は重臣が務める決まりになっているのよね？」

軍の最高司令官は国王であるが、王が現場に行くわけにはいかない。王の代理として現場で指揮する軍長を重臣から立てるのが通例である。

「今まで軍長はミシル伯爵が務めてまいりましたが、昨日国境で砲弾を足に受けて重傷を負ってしまいました。あの状態では旗揚げ式に出席するのは無理でございます」

「そうだったわね」

そのことは昨日、サリハとの口づけのあとにやってきた侍女から知らされた。デューダル公国が打ち込んできた不発弾が突然爆発したのである。

「伯爵の子息は赤子《あかご》ですので、代役は弟のルカが適任かと。しかしながら、サリハ様はルカを地下牢から出すお許しを下さいません」

「わたしも何度かルカを出してくれと頼んだのだけれど……」

その度にサリハから淫《みだ》らな行為を仕掛けられ、そのまま朝を迎えてしまっていたのである。

「ミシル伯爵からも、代役に弟を出してほしいと嘆願されております。お願いです姫様。どうかルカを出してやってくださいませ」

宰相は白髪の頭を深々と下げた。

「わかったわ。サリハと話をしてみるわね」

「ありがとうございます。このようなところまできてお願いし、申し訳ございませんでした。軍長の人事が滞《とどこお》っていることは、内部にも知られたくないと思いまして……」

「ええそうね。気遣いありがとう」

「ではこれで私は執務室の方へ戻ります」

部屋から出ていく宰相を見送りながら、ミルフィアは複雑な気持ちになる。

（旗揚げ式が終わってリシリアフの兵との交代が済んだら……）

サリハを魔界から呼んだ用は済む。用がなくなれば、彼は魔界に帰ってしまうのだ。

彼はリシリアフの王子でもミルフィアの婚約者でもない。魔界から来た魔物で、初めからそういう約束だったのだから当然である。

（魔物ではなく、本当にリシリアフの王子だったらよかったのに……）

彼の力はとても頼りになった。

（ああでも、魔力がなければルカよりも弱いかもしれないわね）

サリハが格好よく見えるのは彼の持つ魔力のおかげであり、力がなければただの綺麗で我儘《わがまま》でいやらしい男でしかない。

（そうよ！）

魔物の正体はそういうものだと心の中で自分に言い聞かせ、執務室へ行かなくてはと足を踏み出した。

（あ……でも……）

武器庫で助けてもらったことを思い出し、足を止める。あの時の彼の力強さや包容力、そして、あのあとの口づけが脳裏によみがえった。

「や……やだ」

急激に顔に血が上ってくる。

あのあと夜になって寝台で淫らな交わりをしているのだけれど、なぜかあの口づけを思い出す方が恥ずかしい。

『俺がいる間は守ってやるから安心しろ』

口づけのあと囁《ささや》かれた言葉を頭の中で再生すると、心の中がきゅんとなった。そして、彼が魔界に帰ってしまうと思うと、今度は心が苦しくなる。

「わたし……」

最悪の出会いで騙し打ちのように純潔を奪われた恨みはあるけれど、今は彼に対する感謝と恋しさの方が心の中を占めていた。

「どうしよう……」

まだサリハを魔界に帰したくない。それに、軍事力が揃ったとはいえ、エミアルアの国防軍は再構築されたばかりで不安がある。今サリハに去られたら、何かあった時にどうすればいいのだろう。

(そうよ。まだサリハが必要だわ!)

自分の勝手な思いで彼を引き止めたいのではない。エミエルアの国のためなのだと、彼を引き止めようとする自分を正当化した。

(わたしの精気《せいき》を好きなだけ吸っていいからって言ったら、もう少しいてくれるかしら)

名案かもしれないと再び足を踏み出し、食堂から居間に通じる扉を開いた。

「サリハはどこにいるの?」

居間に控えていたハヴィナに問いかける。

「西翼の広間でございます」

「西翼に?」

怪訝《けげん》な表情で聞き返すと、そうだとうなずいた。

宮殿西翼は、避難してきた貴族の令嬢でいっぱいである。噂を聞きつけてあちこちから避難してきたので、上級貴族の娘達でさながら後宮のようになっていた。

そのようなところにサリハがいると聞き、いやな予感がする。

(精気を吸うのはわたしだけにしてくれると約束していたのに……まさか……)

足早に廊下を歩いて西翼に向かう。入り口にある広間に着くと、予想通り不快な光景が目に飛び込んできた。

「なんなのあれは」

豪奢《ごうしゃ》なドレスを纏《まと》った娘とサリハがダンスを踊っていた。

娘の細腰に手を添え、もう一方の手で彼女の手を握り締めている。武器庫でミルフィアに口づけた時と同じ姿だ。

美麗な笑みを浮かべて、相手を巧みにリードしている。彼にリードされて踊る娘は頰《ほお》を紅潮させ、うっとりとした顔でサリハを見つめていた。

優雅なステップに合わせて、ドレスの裾やリボンをひらひらと揺らしている。

音楽が終わると、壁に控えていた女性達がわっと大勢で取り囲んだ。

「次は私と踊って下さいサリハ様ぁ」

「あら、順番は私よ！」

「あなたは初めに踊ったじゃない」

「まあ。たかが男爵家の娘のくせに口答えする気？　私は伯爵家の人間よ」

娘達がサリハを奪い合っている。

「また増えてない？」

ミルフィアは後ろに控えるハヴィナに問う。

初日にはドアリアとメリエだけだったのに、日々増え続け、今日はもう数え切れないほどの貴族の娘がいる。

彼女達の要求に侍女達は右往左往し、楽師達は疲れた顔をしていた。かなり前からここで演奏させられているらしい。

「ドアリア様達のことを聞きつけて、遠方からもいらしているようです」

「地方の娘までとは……受け入れすぎだわ。しかもこんな時に踊りなんて。舞踏会か何かと間違えているのではないの？」

むっとした顔で彼らに近づく。

「あ、ミルフィア王女様！」

誰かが名前を口にすると、サリハに群《むら》がっていた娘達が一斉にこちらを向いた。もちろんサリハもミルフィアに目を向けている。

「国家の非常時に広間でダンスなど、不謹慎でしょう？　まだ国王陛下の葬儀《そうぎ》も終えていないのよ」

言いながらサリハを睨《にら》んだ。

「あの、姫様これには事情が……」

サリハと踊っていた娘が横から口を挟む。

「あなたは黙っていて。わたしは彼と話をしているのよ。下がりなさい」

無礼者《ぶれいもの》、という目を向けると娘は恐縮したように肩をすぼめた。

「い、行きましょうよ」

隣にいた娘がひそひそと言い、サリハとミルフィアに礼をして広間から出ていく。他の娘達も同じように礼をし、すごすごと広間を後にした。

「踊りぐらいいいじゃないか。皆退屈なんだよ」

出ていく後《うし》ろ姿《すがた》を名残《なご》り惜しそうに見ながら、サリハは彼女達を擁護する。それにミルフィアはカチンときた。

「退屈なら武器庫で剣の手入れでも手伝ってほしいわ」

この非常時にダンスはないでしょうと言い返す。

「貴族のご令嬢に剣の手入れは無理だろう」

「とにかく、今はここで浮かれたことをしてほしくないの」

ダンスなどもっての外だと口を尖らせた。

「今日は機嫌が悪いんだな。俺が他の女と踊っていたことがそんなに面白くなかったのか？」

「どういうこと？」

「目の中に嫉妬《しっと》の炎が見える」

(し、嫉妬ですって!)

「なぜわたしが、嫉妬などしなければいけないの?」

怒りたいのをぐっとこらえて問い返す。

「俺が彼女達と踊っていることを聞きつけて来たのだろう?」

「違います! ここに来たのは、明後日の旗揚げ式のことでお話があったからよ」

うぬぼれないでよと睨む。

「旗揚げ式?」

「国防軍の新体制を国内外に知らしめる儀式よ。リシリアフの兵と交代させる前にしておかなくてはならないの」

「ああそれか」

少し残念そうに肩をすくめた。

「それで、指揮官の代理にルカを立てることにしたのだけど」

「ルカってあの無能者のことか? あんなのを指揮官に?」

「無能って言わないで! 彼はミシル伯爵の弟なのよ。とにかく、彼を地下牢から出してちょうだい」

「全部終わるまであれは入れておいた方がいいと思うが……。お姫様の命令なら仕方ないな」

どうなっても知らないぞ、と言いながらミルフィアに鍵を差し出した。鍵を受け取るとミルフィアはハヴィナを呼ぶ。

「ルカを地下牢から出して宰相のところへ連れていくように命じてちょうだい」

「かしこまりました」

ハヴィナは足早に地下牢のある北の塔に向かった。

「旗揚げ式について、あなたにもお話ししたいことがあるからきて下さる？」

サリハに執務室への同行を求める。

「式は明後日なんだから急ぐこともないだろ。詳しい話は夜に聞くよ。朝まで踊っていたから疲れて眠い」

ああうるさいという感じで手を振った。

「ひと晩中あの娘達と踊っていたの？」

「明け方からだからそんなに長い時間ではないよ。恐い顔だな。俺が他の娘と踊るのがそんなに嫌か？」

からかうような笑みを浮かべてミルフィアを横目で見る。

「べ、べつにあなたが誰と踊ろうとわたしにはどうでもいいわ」

つんとしながら答えて顔を背けた。

「どうでもいいと言いながら、眉間に皺が寄っているのはなぜなんだ？　もうすぐエミエルアの最高位に就く女になるのだから、少し余裕を持てよ」

ミルフィアの額を指でつつく。

「触らないでよ」

「可愛げがないなあ。さっきの娘達のように愛想よくしろよ」

呆れた口調で言われて、更にカチンときた。

「わたしにあの娘達の真似をしろと？」

「そういう顔をしていると、精気が不味くなるんだよ。今のおまえより、あの娘達の方がずっと美味そうだ」

「失礼なっ！　そんなにあの娘達がいいならそうすれば？　わたしは政務に戻ります。あなたは勝手に寝てればいいわ」

サリハに背を向けて歩き出す。

「おい待てよ」

「ついて来ないで！」

「寝る前に吸わせろよ」

「あの娘達から吸えばいいわ。もうあなたになんか触れられたくない！　大嫌い！」

叫ぶように言うとミルフィアは歩き出した。

吸わせろと言われた途端身体の奥に熱が発生したけれど、それから強引に目を背《そむ》けて執務室へと足を速める。

サリハが本物の王子で自分の伴侶《はんりょ》になってくれたら、などと思った少し前の自分はなんて愚かだったのだろう。彼は所詮魔物で、魔力がなければ何もできないし、淫魔だから見《み》境《さかい》なくさかるのである。

サリハにとって、好みの胸をしていれば女は誰でもいいのだ。

（ドアリア達と好きにすればいいのよ）

けれども、そう思ったら心が苦しくなってきた。ぎゅっと喉元を絞られ、イライラと憤りで息が苦しい。

それはまるで、サリハが言っていた嫉妬しているかのようで……。

（嫉妬なんてしていないわ。それに、今はそんなこと考えている暇はないのよ！）

身体が疼《うず》くのは気のせいだ、淫魔などに煩わされるものか、と自分を叱咤《しった》し、机に積まれている書類を引き寄せた。

処理しなければならない事案は山ほどある。ミルフィアと淫らなことをして精気を吸ったあと、夜通し遊んでいられるサリハとは違うのだ。

だけど、書類に目を通していると、腰骨のあたりから淫猥な熱がどんどん湧いてくる。

「はぁ……」

身体が疼いた。

それと連動するかのように、どうしようもない切なさが心を苛《さいな》む。

今頃彼は、寝台で眠りについているだろうか。もしかしたら、自分が精気を吸わせなかったことで、眠れないほどの空腹に苦しんでいるかもしれない。

サリハのことばかりぐるぐると頭の中を巡る。

(まさか……)

寝台で広間にいた娘達と交わる彼の姿が浮かんだ瞬間、思わず立ち上がっていた。

「ミルフィア様?」

ちょうど入ってきていた宰相が、勢いよく腰を上げたミルフィアに驚いている。

「わ、わたし……」

「先ほどルカが地下牢から出てまいりました。ありがとうございます」

これで旗揚げ式は安心だとほっとした顔で頭を下げた。

「あ、ああ、もう出られたのね。慣れない地下牢暮らしでやつれてしまっていたのでは？」

「そうですね。食事が少なかったようで、家臣用の食堂で食べさせております。まああれだけ食べられれば大丈夫でしょう」

苦笑混じりに答えた。

「そう。それなら旗揚げ式は大丈夫ね」

「国のためですから、少々調子が悪くてもしっかり務めさせます」

それが上級貴族の義務だと厳しい表情で告げる。

「そう……」

「午後になりますが、ルカを謁見《えっけん》の間に参らせます」

そこでミルフィアが軍長代理の辞令を出す段取りになっていると言われる。

「わかったわ」

自分もサリハと娘達のことなどに惑わされず、しっかりしなくてはと思う。

昼食後。

ミルフィアは謁見の間でルカと会う前に、自分の部屋に戻る。

執務中ずっと、サリハが他の娘を抱いているのではないかという思いが頭から離れなかった。何度もそれで執務の手が止まり、周りから怪訝《けげん》な目を向けられてしまう。だから確認だけでもと思って戻ったのである。

そっと近づいて天蓋《てんがい》の薄絹《うすぎぬ》を開けると、サリハは一人で眠っていた。西翼の娘達のところへは行かず、他の娘をここに入れた形跡もない。

ミルフィアはほっとしながらも、他の娘達に嫉妬しているわけではないと自分に言い訳をする。

サリハはあくまでも自分専属の魔物で、国を守るために仕方なく抱かれているのだ。けっして好きだからではない。これから女王になる自分が、家臣の娘達に嫉妬をするほどサリハを好きになるなんて、いくらなんでもプライドが許さない。

（それに、もしかしたら、魔力で好きにさせようとしているのかもしれない。だって、この人は淫魔なのだもの）

ミルフィアの身体を疼かせる力があるのだから、独占したいくらい好きになるように心にも術がかけられていても不思議はない。そうでなければ、サリハが一人で寝ているというだけで、こんなに幸せな気持ちになるはずがないのだ。彼の美麗な寝顔を見つめ、そう考えることで自分に折り合いをつけた。

(夕方目覚めたら精気をあげなくてはいけないわね)

そう思った途端、胸の鼓動がどくんっと大きく打つ。

「う……」

腰骨の奥にじわっと熱が発生したのを感じた。すぐさまそれが、発情の助走であると自覚する。

(だめよ！　今はまだ昼間なのだから)

執務中は熾火《おきび》のように身体が疼いて困ったけれど、食事をしたあとはとりあえず落ち着いていた。淫らな熱が上がってきたのはきっと、空腹のまま寝ているサリハの近くにいるからに違いない。

慌てて薄絹を下ろし、寝室から出る。居間を通り、王女専用の衣装室へとかけ込んだ。

「ミルフィア様？」

「入って来ないで！　少し考えたいことがあるから呼ぶまで向こうにいってて」

近づいてきた侍女達に命じると、衣装室の扉を閉めて鍵をかけた。

身体の熱を下げるため、深呼吸をしたり国政の難題を思い浮かべたりする。

（収まってちょうだい！）

身体の熱が下がるまでしばらくかかった。


疼きが収まると謁見用のドレスに着替え、侍女達に髪を整えさせた。

「まあなんてお綺麗な。姫様らしいドレスのお姿は久しぶりですね」

ハヴィナが目を細める。

このところ執務中心の生活だったので、動きやすい簡素なドレスを身に着けていた。簡素と言っても王女のドレスであるから、それなりの素材で作られた上等の品ではある。ただ、見た目は地味なのだ。

サリハが踊っていた娘よりも、もっとひらひらとしたドレスを身に着け、宝石をちりばめた髪飾りをつけた自分の姿が鏡に映っている。

（あの娘達より綺麗だとサリハは思ってくれるかしら……）

ついそう思ってしまい、

（や、やだわたしったらなにを……これから会うのはサリハではなくルカなのに……）

思わず心の中で自分を叱責《しっせき》する。それに、胸の大きな女なら誰でもいいというサリハになど、どう思われようといいではないかと鏡から顔を背けた。

「ミルフィア王女様。ルカ様が到着いたしましてございます」

侍女が伝えにきた。

「すぐにいくわ」

毛皮で出来た正装用のマントを肩に着け、赤い大きな宝石のついた王女用の杖を手に、部屋から出る。

謁見の間には、大臣をはじめとした家臣や近衛兵《このえへい》が居並び、彼らの後ろに侍女や下男達が控えていた。

濃紺のビロードの天幕が垂れ下がる上座には、金の木枠で縁取られた重厚な王の椅子が置かれている。しかしまだミルフィアは戴冠式《たいかんしき》を済ませていないので、今まで通り隣にある王女の椅子に腰を下ろした。

上座より一段下がった場所にルカが膝をついて頭を下げている。ミルフィアが椅子に腰かけたのを確認すると、

「ミルフィア様！　このたびは地下牢から出していただき、ありがとうございます」

大声で礼を述べた。気弱なルカにしてははきはきとした物言いである。牢に入れられた

ことにより、少ししっかりしたようだ。

「元気そうでよかったわ。出してあげるのが遅くなって悪かったわね」

「姫様が謝罪なさることはございません。全部あの魔物が……」

「これより旗揚げ式指揮官の任命式を行う！」

宰相が突然宣言したため、ルカの言葉は遮《さえぎ》られた。

「自分が指揮官ですか？」

「怪我で療養中のミシル伯爵の代理をお願いしたいの」

「私が兄上の代理を？　それより魔物退治を……」

「ここにルカ・ザーラ・ミシルをエミエルア国防軍旗揚げ式指揮官に任命する！」

ミルフィアは立ち上がって大声で告げた。周りから歓声が上がり、拍手の音が謁見の間に響き渡る。

「ミルフィア様。あの……」

戸惑うルカに、指揮官用の制服や飾りが手渡された。

「旗揚げ式後に、リシリアフの兵と我が国の兵を交代させます。今後は自力で国を守っていけるよう、皆も力を尽くしてください」

ミルフィアの言葉に、謁見の間にいる皆がうなずきながら拍手で応える。

「リシリアフの兵？」

ルカだけ納得のいかない表情を浮かべていた。ミルフィアは彼の側まで歩いていくと、

「これで任命式は終了します。ルカには内密に話があるので残りなさい。皆はもう下がっていいわ」

他の者達に命じ、謁見の間から追い出した。

「旗揚げ式ということは、軍を刷新《さっしん》されたのですよね」

出ていく者達を見送りながら、ルカがミルフィアに質問する。

「今までの軍では国を守り切れないから、新たに徴兵を行って軍備も整えたのよ。今暫定《ざんてい》的に守っているサリハの兵達と交代するために旗揚げ式を行うの」

サリハという言葉を聞いた途端、ルカは弾かれたようにミルフィアを見た。

「あの魔物の力にまだ頼っていたのですか。いえ、そもそもあんな者の力を借りるなんて！」

許せることではないと怒りを露わにする。目には憎悪を感じさせるような強さがあり、肩が怒りで震えていた。

いつものルカとは印象が違う。

「でもルカ。彼の力がなければこの国は助からなかったのよ？」

「魔物に身体を売り渡して助かって、なにがいいのですか。あんな淫らなことをされて、姫様は恥ずかしくないのですか」

ルカから投げつけられた言葉に、氷水を頭から浴びせられたような衝撃を受けた。

「まさかルカ……知って……るの？」

顔を強張《こわば》らせて質問する。

「姫様が魔物に胸を吸われているところは、声と音だけですけれど全部聞いてました」

「そんな……だってあの時はみんな固まっているからわからないとサリハが……」

そこで、ルカにだけはサリハが王子でミルフィアの婚約者だという術がかからないと言っていたことを思い出す。

「口を塞がれて顔を背けた状態で兵に取り押さえられ、そのまま兵が固まってしまったから身動きできず、声も出せませんでした。でも、僕の耳には魔物との会話とその後のことが全部聞こえていました」

「全部……」

ミルフィアは羞恥《しゅうち》で気が遠くなりそうになる。

「僕はあの時、姫様のはしたない声を聞きながら、あんなことをする魔物になど頼ってはいけないと強く思いました」

「……だけど……オデムから助けてくれたのよ」

羞恥をこらえて言い返す。

「オデム王子の方がよかったではないですか。彼は人間です。姫様が無下《むげ》に扱った過去を謝罪すれば、解決したと思います」

「わたしが謝罪？　それでこの国が助かったと思うの？」

この国を支配し、自分を後宮で慰《なぐさ》み者にしようとした男である。

「それは、交渉次第ですが……とにかく、魔物に頼るのは反対です。すぐさま奴を魔界に帰しましょう」

こぶしを握り締めてルカが提案した。

「今彼を帰すわけにはいかないわ！」

「まだそのようなことを……。まさか姫様。身体だけでなく心もあの淫魔に奪われたのですか！」

怒りを露わに立ち上がる。

「心を奪われるなんて、そ、そんなことは……ないわ」

ルカの勢いにたじろぎ、ミルフィアは後ずさりながら答える。

「身も心も、魂までも魔物に奪われたとなれば、姫様といえど見過ごすことは出来ません」

悪魔祓《ばら》いの神殿で祓い清めてもらわなければ、と近づいてきた。

(なんだか、ルカが変だわ……)

気弱な青年だったのに、口調は傲慢《ごうまん》で頑固な雰囲気を纏っている。それに、何かに取り憑《つ》かれたような目をしていた。訝《いぶか》しげにルカを見ていたら、

「……」

謁見の間の入り口付近で人の気配がする。

(誰?)

会話を止めて耳を澄ますと、女性の声が聞こえてきた。

「あー退屈だわあ。サリハ様がいらっしゃらないと、詰まらないところよね」

謁見の間の入り口にドアリアが立っていた。彼女の後ろからメリエも顔を出す。天幕の陰に入り込んでしまっていたミルフィアとルカに、気づいていないようだ。

「ねえ、ここは入ってはいけない場所じゃない? 謁見の間から向こうは王族だけの領域よ」

メリエがドアリアに言いながら、クリスタルの豪華な照明が下がっている天井を、恐る恐るという表情で見上げている。謁見の間は、宮殿のなかでもひときわ豪奢に作られていたので、圧倒されているようだ。

「あらそうだわ。いつもは閉まっているのに扉が開いていたからつい……。じゃあこの向こうにサリハ様が寝てらっしゃるのよね。こっそり忍び込もうかしら」

宰相の孫娘のドアリアは、こんな部屋には慣れているという顔で答えている。

「何を言ってるの！　見つかったら重い罰を与えられるわよ」

メリエが窘めた。

「冗談よ。それにしても退屈だわ。ダンスも禁止なんてねえ……。早く領地の城に帰りたいわ」

ドアリアは不満を口にする。

「旗揚げ式が済んでリシリアフの兵と交代したら安泰《あんたい》だと聞いたから、もうすぐよ」

「待ち遠しいわ。ああそうだ。領地に戻ったらサリハ様をご招待しようかしら。そうすれば、湖畔《こはん》の城で誰にも邪魔をされず、二人きりで過ごせるわ」

うっとりした目でつぶやいた。

「サリハ様はミルフィア王女様の婚約者でしょ？　もうすぐ女王陛下になられる方の夫君なのよ」

怪訝な顔でドアリアに言う。

「ええ。そういうことになっているわね」

「なっているって……」

「まあそんなこと、どうでもいいじゃない。それに、王家の血筋と可愛いだけしか取り得のないミルフィア王女様より、私の方がずっとイイコトをしてあげられるもの」

「ちょっと！」

不敬だと咎《とが》められると、ドアリアはふふんという顔をする。

「国同士で決められたお飾りの夫婦でしょう？　身分が格上の妻より、格下で気がねなく過ごせる愛人の方がいいに決まっているわ」

上級貴族の社会では珍しくない話だとドアリアは胸を張る。

「それはそうだけど……。でも、サリハ様がミルフィア王女様よりあなたがいいとおっしゃったの？」

「ええ。私のような大きな胸が好きだって何度もおっしゃったわ。大きさも形もほら、私の方が勝っているでしょ」

見せつけるように深い谷間を持つ胸を揺さぶった。ドアリアの乳房が淫らに揺れているのを物陰から目にして、ミルフィアはぎゅっと手を握り締める。

（わたしよりドアリアがいいって……？）

男の人が彼女のような身体を好むというのはミルフィアにもわかる。けれども、身体だけで選ばれるものではない。心や相性も大事だと思っている。

とはいえ、身体以外で自分がサリハに好まれる要素があるのかと問われたら、まるで自信がなかった。

ミルフィアが天幕の陰で思い悩んでいると、

「ねえ。西翼のお部屋に戻りましょうよ。許しもなく入ったことが知られたら、私のお父様やあなたのお祖父様が咎められてしまうわ。それに、サリハ様がいらっしゃる時間まで休んでいた方がいいわよ」

メリエがドアリアの袖を引っ張りながら言う。

「そうねえ。サリハ様が夜中にいらっしゃる時に起きているには、今休んでおかなくてはいけないわ。新しいドレスを領地から届けさせたの。胸元の飾りが素敵なのよ。是非《ぜひ》見ていただかなくては」

艶っぽく笑いながら、メリエとともに謁見の間から出ていった。彼女達の足音が遠ざかると、

「あの魔物のやつ。国中の女を誑《たぶら》かそうとしているな」

ルカが怒りを込めた声を発して、こぶしを握り締めている。

「サリハはドアリアがいいのかしら……。ううん。胸が大きければ誰でもいいの？」

ミルフィアは愕然としながらつぶやいた。

美味《おい》しい精気と豊満な胸を持っていれば、どんな女でもいいのだろうか。彼にとって自分は、テーブルに載っている料理のひとつに過ぎないのかもしれない。

(やっぱりそうなの？)

認めたくないけれど、今までの彼の言動やドアリア達の言葉を統合すると、どうしてもそういう結論に達してしまう。

「おわかりになりましたよね姫様。魔物など、ましてや淫魔など、信用できない畜生なのですよ」

したり顔でルカが言う。

「信用できない……淫魔……」

ルカの言葉を復唱する。

「そうですよ。あれは人間ではありません。これからも大勢の女を誘惑して、姫様にしたのと同じことをするんです」

(同じこと……)

サリハが自分にしていることを思い浮かべた。自分ではなくドアリアの胸を吸い、熱棒を突き挿れて彼女を抱いている姿を想像した途端、ぎゅうっと胸を摑まれたような苦しさを覚える。

「そんな……いやだわ……」

やめてと、頭の中で交わる二人に叫んでしまう。

「どんなに姫様が嫌でも、魔物には通じませんよ。この国のためにも、そして姫様のためにも、淫魔は害毒にしかなりません」

立ち尽くすミルフィアにルカが畳《たた》みかけた。

「え……ええ」

そうかもしれない。王が亡くなって国の非常時だというのに、女達を誘惑して浮かれさせ、こんなにも自分の胸を苦しくさせるのだ。

「これ以上あの淫魔に誑かされる女を出さないためにも、今すぐ魔界へ追い払ってしまいましょう」

ルカは提案し、懐から指輪を取り出した。

「それは……」

サリハを呼び出した時に使用した指輪である。

「東の塔へ行き、今すぐあいつを退治してやる！」

ルカは指輪を握り締め、終わりの呪文を唱えながら東の塔に向かって走り出す。

「ま、待ってルカ！　あっ！　きゃっ！」

追いかけようとしたけれど、謁見用の華奢《きやしや》な靴の踵《かかと》が、毛足の長い絨毯《じゆうたん》に引っかかった。

ミルフィアは無様《ぶざま》に転んでしまい、起き上がった時にはルカの姿は見えなくなっていた。

（サリハを魔界に帰されてしまう……）

止めなくてはと思う。

「でも……」

これでよかったのだという気持ちもあった。魔力で見せていた板きれの兵は、本物の兵が到着すると、リシリアフへ帰国したと思わせて消えていく。現在残っているのは、交代式を終えてから消えることになっていた数人の隊列だけだ。とりあえず自力で国を守れるだけの備えは出来ている。もうサリハの力を借りなくても大丈夫だろう。

となると、彼がここにいる理由はなくなるのだ。

無理にいさせても、大勢の女性の間を渡り歩き、淫らなことに耽《ふけ》るだけではないか。先ほどドアリアが言っていたように、他の女の城に通うようになるかもしれない。そんなサリハの姿を見るのは耐えられないと思う。

（所詮《しよせん》淫魔なのだものね）

ルカの言う通り、サリハとはここで別れた方がいい。

「仕方がないわ……」

自分にはこの国をともに支えてくれる伴侶が必要だ。女性と淫らなことをして精気を吸うしか能のないサリハは、伴侶に相応しくない。なにより、サリハにとって自分は餌《えさ》のような存在であり、それ以上の感情がないのだ。

どんなに自分がサリハのことが好きでも。

(好き……)

心の中でつぶやいた言葉に、胸が張り裂けてしまいそうなほど悲しい気持ちになった。

「わたし……」

淫魔など好きになるはずがない。自分は国のために我慢しているのだ。と、意地を張っていた。けれど、思い返せば、いやらしいことをされても嫌な気持ちにはならず、精気を吸って浮かべるサリハの満足そうな笑顔を見ると、自分も嬉しくなったりもした。

他の女性には同じことをして欲しくないと思い、執着と独占欲が日々強まっているのも事実だった。

彼に近づく娘達に嫉妬するほどサリハを好きになっていたことを、正直に認めるしかない。

(そうよね……)

だからこそ、これで終わりにしなければと改めて思った。

人間の女性を餌としてしか見ないサリハが、ミルフィアを伴侶として愛してくれることはない。そんな彼と一緒にいても、嫉妬と愛されない空しさに苛まれるだけだ。

一緒に国を支えてくれなくても、せめて自分だけを好きであってくれればよかったのにと、悲しい気持ちで窓の向こうに目を向ける。東の塔へ向かう道に、走っている金髪の青年の姿が見えた。

「もうあんなところに……」

塔の入り口に入ろうとしているルカを見送ると、謁見の間の向こうで眠っているサリハを思い浮かべて目をつぶった。

(さようならサリハ。国を助けてくれてありがとう)

ルカを引き止めたい気持ちと、もう一度サリハを見たいという衝動を必死に抑え、別れと礼の言葉を心の中でつぶやく。

「ミルフィア様！　まだこちらにいらしたのですか」

宰相の声がしてはっと目を見開いた。

「ご葬儀《そうぎ》と戴冠式の詳しい段取りが決まりましたので、至急お目通し下さいませ。会議室に担当の大臣や役人達が待機しております」

書類を手渡された。

「戴冠式のも出来たの?」

昨日は葬儀までしか決まらず、戴冠式はまだ大雑把《おおざっぱ》にしか決まっていなかった。

(すごい。出来ているわ)

渡されたものを見ると、細部まできっちりと段取りが組まれている。

「いつもいつも夜中までやってくれてありがとう」

ミルフィアが寝たあとも、様々な仕事を片づけてくれている宰相に礼を言う。

「ああいえ、夜はほとんどサリハ様がやってくださるので」

「え? サリハ? サリハが何を?」

「何って……毎朝私が姫様に提出しているではないですか」

不思議そうに宰相が答えた。

「毎朝のは、あなたや大臣達が処理したものでは?」

眉間に皺を寄せて聞き返す。

「私はサリハ様が処理して下さったものをまとめただけですが……」

自分は歳なので夜は休ませてもらっておりますと答えた。

「だ、だってサリハは……娘達とダンスをしたり、西翼へ遊びにいったりしていただけでしょう？」

　まさかと思って問い返す。

「遊びにいったりしてはいませんよ。サリハ様はミルフィア様が残された政務を引き継いで明け方まで処理されたあと、城内の見回りをなさるのですが、その時に早起きをした娘達が集まってくるのです」

　西翼で足止めを食ってしまうので、このところ最後の見回り先にしていたという。ただ、自分の孫娘はひと晩じゅう起きていてサリハを追いかけまわすから困ったものだ、と宰相は苦笑した。

「では、ダンスは？」

　あれは遊びに違いない。

「ダンスですか？　ミルフィア様の戴冠式後の宴《うたげ》でお二人が中央で踊ることをお知りになられたサリハ様が、あまりダンスが得意でないとおっしゃられて、それで娘達がお教えすることになったことでしょうか」

　当初はドアリアとメリエだけであったが、音楽を聞きつけてほとんどの令嬢が集まり、サリハを奪い合うようにして踊り始めてしまったらしい。

「ではサリハは……娘達と毎晩遊び呆けていたのではなかったの？」

「とんでもございません。サリハ様は毎晩精力的に政務をこなしておいででした。少しでも女王様となるミルフィア様の助けになりたいとそれはもう……」

「わたしのために？」

宰相の発した言葉にドキッとする。

「ええ。ミルフィア様のよき伴侶になりたいと、力を尽くしておられました。ミルフィア様がお休みになられている時間に自分が代行すれば、それだけ早く処理できる。昼が苦手なのが幸いだとおっしゃって……」

「よき伴侶って……？」

自分は彼にとって、淫らなことをして精気を吸うだけの、餌のような存在ではなかったのだろうか。しかし、真面目《まじめ》な宰相が嘘を口にするはずはない。

「よい伴侶を得られましたね。亡き国王様も美しく聡明《そうめい》な奥方を魔界から呼び寄せられましたが、サリハ様はそれ以上です」

宰相の言葉にミルフィアは目を見開いた。

「な……。ギルディル、おまえサリハが魔界からきたことを知っていたの？」

驚いて質問する。

「もちろんですよ。私が力を得てきて下さいと姫様にお願いしたではないですか」

皺だらけの顔に笑みを浮かべてミルフィアに言う。

「でも、サリハはリシリアフの王子だと思わせる術を、皆にかけたと言っていたわ」

「私に人間に向けた術は効きません。姫様と同じように、私にも魔族の血が何分の一ですが流れておりますゆえ」

更に驚くような言葉を宰相が発した。

「おまえにも魔族の血が？」

「エミエルアは、王族が魔族と交わりながら存《なが》えてきた国です。私の祖母はエミエルア六世の妹でした。エミエルア六世の母君は魔族ですので、私にも八分の一ほど魔族の血が流れていることになります」

王族を先祖に持つ貴族のほとんどに、魔族の血が入っているという。

「わたしだけでなくおまえ達にも……」

新たな事実と、宰相は術が効いている振りをしていたことに愕然《がくぜん》とする。

「残念ながら、人の血が混じると魔力はなくなってしまうようです。魔族を呼べるのは王位継承者のみですが、姫様の祖父である七世陛下が治世の時には、国内外の情勢が安定しておりましたので、魔族を娶《めと》ることはなかったようですね」

宰相の説明に衝撃で目眩《めまい》を感じた。

「ルカに術が効かなかったのは、彼にも魔族の血が流れていたのね。でも、ミシル伯爵家に王族から降嫁《こうか》した者がいたかしら」

自分の知らないずっと昔にあったのだろうかと首をかしげる。

「いいえ。ミシル伯爵家に王族の血は入っておりません」

「やはりそうよね」

「はい。不思議ですね。サリハ様はルカに、人間向けではなく魔族向けの術もかけたそうですが、効かなかったとおっしゃってました」

魔族の血が流れていて人間への術が効かなくても、サリハがエミエルアを助けに来てくれたことを認めている者はいい。だが、そうでない者には、魔族用の強力な術をかけて認めさせせなければならない。

その術がルカには、ほんの少しもかからなかったらしい。

「ルカが姫様を好いているため、ライバルである自分に対する憎悪で術が効かないのではないか、と推測されてました」

「ルカがわたしを好き？」

そうなのかしらと首をかしげる。

「どんなにルカが姫様を想っていても、渡すつもりはないと笑っていらっしゃいましたよ。

あのように優しくて力のある方に愛されて、本当によかったと安堵《あんど》しております」

「わたしがサリハに愛されている？」

「姫様も以前に比べてお美しくなられましたし、国を統《す》べる者としてしっかりなさったように感じられます。それもひとえに、サリハ様が側にいて支えてくださるからだと、私は思っております」

「わ、わたしは、サリハが好きだけれど……彼はそんなことないと思うわ。それに、彼には魔力以外に能力はないし……」

「何をおっしゃっているのですか。サリハ様は姫様だけをとても大切にしていらっしゃいますよ。愛情がなければ、生命の危機に陥《おちい》ってしまうほどの魔力を使ったりしないと思います」

「生命の危機ですって？」

「東の塔に行かれたのならご存知かと思いましたが……」

「魔族とエミエルア王家の関係のところは読んだけれど、敵が迫ってきていたから、ゆっくり最後まで読めなかったの」

その後東の塔に行く機会がなく、政務に忙殺されてしまっている。

「姫様が大変だったことは承知しております。ですが、サリハ様のことをもう少し気にかけて差し上げてください。魔族といえども我らと同じ生命体です。力には限りがあり、尽きれば死んでしまいます。相手を一掃したのち、国中を守るほどの魔力を使えばどうなるか、考えればおわかりになるかと」

宰相の言葉に、サリハが魔力の無駄遣いは出来ないと言っていたことを思い出す。あれは冗談ではなかったのだ。

「それに、我が国に必要なのはサリハ様の魔力だけではありません」

ミルフィアが手にしている書類を示して宰相は厳しい表情で言った。

「これを見てもわかる通り、魔力以外の能力も極めて高い方です。この城がこんなに早く修復できたのも、サリハ様の的確で迅速な指示があったからこそです」

そういえば、自分が指示しなくても城が元通りになっていっていた。防衛や国内の破壊された場所の建て直しで手いっぱいだったので、そこまで手が回らず、大臣の誰かが気を利かせて直してくれているのだろうと思っていたのである。

(あれはすべてサリハのおかげだったの？)

そして優秀だと思った家臣達の働きのほとんどが、サリハの働きだったのである。

「国境をぐるりと術で覆うのは、彼のような上級魔族でも力を出し切らないと出来ません。魔力が尽きれば、魔族の命もなくなります。危険を承知でそこまでしてくれるのは、姫様を愛しているからですよ」

宰相の言葉にミルフィアは愕然とした。

「そんな……」

持っていた書類が手から離れ、周りに散らばる。

「さあ、サリハ様が起きていらっしゃるまでに戴冠式の段取りを決定しておきましょう」

優しく言うと、宰相は書類を拾い集めた。

「サリハは……もう……起きてはこないわ」

つぶやくように宰相へ告げると、ミルフィアは茫然《ぼうぜん》とした表情で中空を見つめる。

「どういうことでしょうか」

宰相が問いかけた直後、寝室付近から爆音に近い音が響き渡った。

6　王女は後悔で愛を知る

王宮内に爆音が響き渡る。

寝室の窓に大きな穴が開き、ガラスが窓枠ごと粉々《こなごな》になりながら外へと吹き飛んだ。

驚いて寝室に駆け込んだ侍女達は、大きな穴とからっぽの寝台を目にする。サリハの姿はどこにもなかった。隣の居間に控えていたのだから、彼が扉から出ていったのではないことは明白である。

王宮の裏庭で作業をしていた庭師が、青い光の玉が寝室の窓を破って飛んでいくのを見たと報告してきた。

「サリハ！」

ミルフィアは急いで東の塔へ走る。

謁見《えっけん》用の華奢《きやしゃ》な靴を途中で脱ぎ捨て、ドレスを翻《ひるがえ》して塔を駆け上がった。四角く開いた最上階への穴をくぐると、ひとりで台の前に立っているルカが目に入る。

「ルカ！」

息を切らして近づき、名前を呼んだ。すると、はっと気づいたように目を見開いて振り返る。

「姫様！　ご無事でしたか！　ていうか……敵はどこへ？」

きょろきょろと塔の中を見回す。

「敵？」

「はい。オ、オデム王子とデューダルの兵達ですよ」

怯《おび》えた目をして答える。

「何を言っているの？　オデム達はずっと前に追い払ったでしょう？」

「追い払った？　そうなんですか？　なんか僕、気を失っていたみたいで、気づいたらここにひとりでいたんです」

ルカはきょとんとしながら窓に目を向けた。

「砲撃の音もやんでる。ああ、王宮を襲ってきた奴らもいなくなって……」

よかったと安堵《あんど》の表情を浮かべて王宮の庭を眺めている。

少し前まで、頑《かたく》なに魔族のサリハを非難していたルカとは別人のようだ。まるで憑《つ》き物《もの》が落ちたようである。

「ルカ……覚えていないの？　サリハのことも？」

「サリハ？　誰なんですかそれ」

首をかしげているその表情は、嘘をついているとは思えない。本当にサリハがいた時の記憶がなくなっているようだ。

「そういえば姫様。魔物なんて来ませんでしたね」

振り返ったルカの視線の先にある台座には、指輪が嵌《は》められている。

（石が……）

指輪に嵌められていた石は輝きを失い、黒ずんでいた。終了の呪文を唱えて魔物を魔界へ返したからと思われる。

「姫様。王宮に戻りましょう。もう大丈夫そうですよ」

ルカがのほほんとした笑みを浮かべていた。

「先に帰っていていいわ。わたしはここにもう少しいます」

硬い表情でルカに告げる。

「では先に戻って王宮内の様子を見てまいります」

あれから何日も経っていることを知らないルカは、塔を下りていった。おそらく王宮に着いたら驚くことだろう。王宮内の者達も、サリハがいなくなったことで、今頃かけられた術が消えているのかもしれない。

「魔界へ戻ってしまったのね……」

指輪の嵌められた台座に手を突く。

黒くなってしまった指輪が使えるようになるまで、十五年かかると書いてあった。もしサリハを呼び戻すとしても、それまで待たなければならない。

(十五年後には……)

自分はこの国の女王として他国の王族か上級貴族の子弟《してい》の誰かと結婚し、子どもも得ているだろう。そんな状況の中でサリハを呼んでも仕方がない。

もう彼のことは諦めなくてはいけないのだ。そして、サリハが協力してくれた父王の葬《そう》儀《ぎ》や戴冠式《たいかんしき》を立派に終えて、彼が守ってくれたこの国をこれからは自分がしっかりと守っていかなくてはいけない。

(サリハのことはいい思い出として心の中にしまっておこう)

と決心する。

しかし……。

「う……っ」

心の中に膨らんできた何かに、ミルフィアは息を詰まらせる。

(な、なに?)

それは急速に肥大して喉元まで込み上げ、胸をぎゅうっと締めつけた。

(もしかして……)

自分を襲うこれは、悲しみの感情ではないだろうか。サリハを失ったことが悲しくて、辛さや切なさに苛まれているのだ。

「だめよ……悲しんでいる暇なんかないのよ。もう忘れなければ!」

(女王になるのだから、しっかりしなくてはいけないのよ)

自分を叱咤するが、忘れようとすればするほど、逆に彼の存在が心の中で大きくなっていく。

ここで初めてサリハに会ってからの、様々なことが浮かんできた。ミルフィアの頭の中が、彼との思い出でいっぱいになっていく。

「わたし……」

唇を震わせて首を振る。

忘れることなど無理だ。

そんなに簡単に、気持ちを切り替えることなど出来ない。

(だって、サリハが好きだったのよ……)

心の中でつぶやいた言葉に、じんっとした。

(あの人が魔族であってもなくても、力があってもなくても……好きだった)

想えば想うほど目から涙が滲む。

(せめて一度くらい、ちゃんと好きだって言えばよかったのよ)

王女としてのプライドに拘りすぎたのがいけなかったのだ。

自分はなんて愚かだったのだろう。

「今になって気づくなんて、遅すぎるわ……」

サリハをすぐに戻すことも、彼の後を追いかけることも出来ない。素直に告白する機会は二度とないのだ。

手の甲で涙を拭い、泣く資格は自分にはないのだからと気丈に顔を上げる。

すると……。

「うぅっ」

ドクンッと身体の中心が脈打った。ミルフィアは驚いて自分の身体を見下ろす。

(これは?)

身体の奥で燠火のように疼いていた熱が、突然存在を主張し始めたのだ。胸の鼓動に合わせて、淫らな熱が上がっていく。

身体もサリハを求めているとすぐさま思う。

「そんな……」

この熱をどうにかしてくれる彼はいない。疼きが収まるのを待って王宮に戻るしかないのだけれど……。

「あぁぁ……んっ」

愚かなミルフィアを嘲笑うように、サリハを欲しがる熱は下がることなくミルフィアを苛んだ。

乳首がじんじんする。

足の付け根がしこってくる。

ドロワの中にあるミルフィアの秘部も疼いていて、じっとりと濡れてきた。

(この疼きは魔力ではないのよね)

もし淫魔の魔力のせいなら、今はもうルカのようにサリハが来る前に戻っていて、彼に対する欲望も好意も消えているはずである。

今も彼を求める想いがどんどん強くなっていくのは、ミルフィアの彼に対する想いが本当だからだ。

　心も身体も彼が欲しいと訴えている。

「あぁぁ、どうすればいいの……」

　台に手を突いたまま、指輪に向かって問いかける。

　だが、黒ずんだ指輪の石は、ミルフィアの質問を無視しているかのように、輝きを失くしたままだ。

「ねえ……答えてよ」

　再び出てきた涙で、指輪が歪んで見える。

「わたし、サリハが好きなのに……もう会えないのよ」

　指輪に向かって想いを告白すると、どっと涙が溢れ出た。涙は頬を伝ってぽろぽろと台に落ちていく。

「うっ……ふっううぅ……っ！」

　泣くまいと思っていたのに、彼への想いを口にしたら涙を堪えられなくなった。

（サリハがいるうちに言えばよかった。素直になればよかった。ルカを引き止めて指輪を返してもらえばよかった）

　後悔の言葉が頭の中を巡る。

「せめて最後に、わたしの精気を好きなだけ吸ってもらえばよかった……」

石台に縋り、ミルフィアはわあっと声を上げて泣いた。


はずであったが……。


自分の身体が浮き上がり、台からどんどん離れていく。

(な、な、な、なに?)

浮き上がっているのは後ろから持ち上げられているからだ、と気づいた時、

「好きなだけ吸わせてくれるのか」

耳元に低くて魅力的な声がした。

魔界に帰ったはずのサリハの声である。

(うそ……!)

驚いて振り向いたミルフィアの目に、深い漆黒の瞳と艶やかな黒髪を持つ美貌の男が、見慣れた笑顔で自分を見つめているのが映った。

(これは夢?)

あまりにもサリハに会いたいと強く思い過ぎて、幻覚が見えているのだろうか。一瞬そ

う思ったが、彼がいつも纏っている甘い花の香りがするし、自分を持ち上げている手も本物だ。

「どうして？　魔界に戻されたのでは？」

彼を見つめて質問する。

「ああ戻されたよ。気持ちよく寝ていたのに、強引に魔界へ吹っ飛ばされてね」

むかつくぜと笑いながら、抱き上げていたミルフィアを台の上に下ろす。初めての日のように、台に座ったミルフィアの正面にきた。

「魔界に戻されたら十五年は来られないのでは？」

「十五年というのは、おまえ達が俺達を呼べない期間だよ。この指輪が使えなくなるからね。もちろん俺も終了の儀式をやられたら、次に呼ばれるまでここには来られない」

「それなのになぜいるの？」

「終了していないからだよ。頼みごとを叶えてやった報酬を、まだ全部支払ってもらっていないから、戻って来られるのさ」

偉そうに腕を組んで答える。

「頼みごとって、魔力で敵を追い払ったり国境に兵を配備したように見せたりしたことなら、全部前払いしていたわよね？」

精気がなければ魔力は使えないからと、先にミルフィアに淫らなことをして、精気の報酬を得てから術を使っていたはずだ。だから魔力を使ったことによる未払いなどないはずなのにと、首をかしげる。

「忘れたのか？　ここでおまえの縄を解いてやっただろう？」

「ここでって、オデムに捕らえられて縛られた時の？」

確かにあの時、縄を解いてくれたのはサリハだった。

「あ、あれにも支払いがいるの？」

「もちろんだよ。しかも魔力ではないものの方が高くつくと、前に言ってあったよな？」

サリハの言葉に、武器庫で口づけをしたことを思い出す。

「それではあの……また口づけで支払いを？」

頬を染めて質問する。サリハと口づけをするのは、やはりなぜか恥ずかしい。

「まあそれでもいいが、さっき言っていた好きなだけ吸わせてもらうっていうのもいいな」

ニヤリといやらしい笑みを浮かべた。

「そ、それをしたら……魔界へ帰ってしまうの？」

「報酬を満額いただいたら終了だからな」

帰るよと、うなずきながら答える。

「で、では、他にもお願いをしたら、その報酬を支払うまでここにいてくれるの？」

「まあそういうことだが……俺に魔界へ帰って欲しくないのか？」

片眉を上げてミルフィアを見た。

「わたし……あの……」

真っ赤になってうつむき、サリハの黒いマントの端をぎゅっと握り締める。

「サリハに、わ、わたしの、夫になってもらいたいの！」

恥ずかしすぎて彼の顔を見ることが出来ず、うつむいて目を閉じたまま叫ぶように言った。

「……」

彼からの返答がない。

塔の中を、重苦しい沈黙が支配する。

（サリハ？）

勇気がなくて顔を上げて彼の顔を見ることが出来ない。

突然の求婚に驚いているに違いない。

（もしかしたら……とても迷惑に感じているのかも）

サリハが自分に好意を持っていると言っていたのは宰相で、サリハ自身から告白されたわけではない。やはり自分のことは、精気を吸うための餌《えさ》としか見ていないのかもしれない。閉じた目を開くと、自分の胸が映っている。

（そうよね……わたしには、サリハが好むほど大きな胸もないし、ドアリア達に嫉妬《しっと》して、しかもそれを認められない意地っ張りで、可愛げがなくて、こんなことを言われても、嫌なだけよね……）

胸を見つめて思う。

「どうして俺を夫にしたいと思うんだ？」

やっと声を発したサリハの言葉は、答えではなく質問だった。

「初めはわたし、いやらしいことをするあなたのことが嫌いだった。国を守るために魔力が必要だからと我慢してたわ。だけど、我慢していたはずなのに……嫌だと思えなくなってきた。あなたに魔力以外の強さや優しさもあることを知ると、逆にどんどん惹かれていった。一時は一緒に国を治めていけたらいいとまで思ったわ。でもそれは、魔力で好きにされたのだと思い直したの」

「魔力は使ってないと言ったろ。使うと不味《まず》くなる」

むっとして言い返された。

「でも、認められなかった。ううん。認めたくなかった。わたしは王女なのよ。もうすぐ女王になるわたしが魔物に片思いをした上に、ドアリア達と同列に扱われるなんて、許せなかったわ。だから自分の気持ちに目を背《そむ》けたのだけれど……」

ミルフィアは顔を上げてまっすぐにサリハを見つめる。

「あなたが魔界へ戻ってしまった時に、やっと自分の気持ちを素直に認められたの」

ひとつ息をつくと、

「サリハ……わたしは、あなたが好きです」

頬を染めて告白した。

（やっと言えたわ）

胸の中が告白できた感動でいっぱいになり、目に涙が溢れる。

「なんで泣きながら言うんだよ」

「だって……もう言えないと思ったんだもの。こ、こうして、気持ちを伝えられただけでも嬉しくて、涙が出てしまうのよ」

頬を伝って涙がぽろぽろと落ちていく。

「泣くほど俺を夫にしたいのか？」

「したいわ。あなたとなら国を守り国民を幸せにできる。もちろん……わたしも幸せになれるもの……」

正直に答えたが、相手のことを考えない身勝手な告白だと自分でも思う。

けれども、

「いいけど、高くつくぞ」

意外な返事が戻ってきた。

「いい？」

驚いてサリハの顔を見ると、真面目《まじめ》な顔をしてミルフィアを見つめている。

「夫になって国を治めて、国民とおまえを幸せにするんだろう？　そんなにあると、おまえの身体にある精気を一生分いただくことになるけどな」

いいのかと、薄く笑った。

「わ、わたしの身体だけでいいなら……一生分あげるわ。あの……他の娘からは取らないでくれれば……。あ、でも、足りないから魔界へ帰ってしまうというのなら……す……少しは我慢します」

「俺は誰の精気でもいいというような好色じゃないんだ。好きな女の精気しか吸わない」

「え……」

（好きな女の……）

自分でも驚くほど大きくドキンと胸が脈打った。

「あの……好きなのは、精気だけなのよね？」

「俺の言葉をちゃんと聞いていないのか？　好きな女の精気だよ。おまえが好きだから吸いたいと思うんだ」

「嘘……」

「どうして嘘なんだよ」

「だって、あなたこそわたしのどこが好きなの？　わたしに呼び出されて仕方なく魔界から来たのでしょう？　早く魔界に帰りたいって言っていたわ」

ミルフィア自身を好きだなんて、信じられないと訴える。

「俺が魔界に帰りたいと言ったのは、おまえが嫌がってばかりいたからだよ。俺のことが嫌いで早く魔界に帰ってほしいと思っていると……」

「だって、わたしはあなたにとって、精気を吸うだけの餌だと思っていたから」

「なんだよそれ。餌だなんて思ってないぞ。俺はおまえのことがずっと好きだった。……いや、違う……」

途中まで言って、サリハは大きく左右に首を振った。

（違う？）

「俺は……」

眉を寄せ、苦いものを口にしたような顔になる。

「おまえが生まれた時、殺したいほど憎んでいた」

低い押し殺した声でつぶやいた。

「私を憎む？　どうして……」

突然物騒なことを言うサリハに驚く。

「おまえの母親のデルアは、俺の婚約者だったんだ」

「な……んですって？」

告げられた事実に絶句した。

「おまえが生まれる二年前、エミエルアは敵国の兵に包囲され、瀕死《ひんし》の状態だった」

「ええ。知っているわ」

以前ここで読んだ巻き物に書いてあった。

「おまえの父である国王は、最後の頼みの綱として指輪で魔族に助けを求めた。だが……

それに応える魔族はいなかったんだ」

「そうなの？」

ミルフィアの母が助けにきたのではと首をかしげる。

「どんなに助けてやっても、人間は魔族に感謝するどころか魔物だと卑下《ひげ》するだけだ。そんな奴らなど助けなくてもいいだろう?」

サリハの言葉にミルフィアの胸が痛む。自分を含めて、そういう意識を魔族に対して持っていたのは事実である。

「雲を操り嵐と風雨を起こす魔力を持つデルアは、上級魔族の中でも最上級に美しく優しい女だった。だが、その優しさが災いし、エミエルア王の嘆願《たんがん》を見過ごすことが出来ず、助けに行きたいと俺に訴えた」

忌々《いまいま》しげにサリハは窓の向こうに見える王宮へ目を向ける。

「女の魔族は人間の男に絆《ほだ》されやすい。助けに下りた歴代の女魔族達は、皆そこの王や王子の妻となってしまったから、行かせたくなかった」

とはいえエミエルア王は当時すでに高齢で、男女の仲になることはまずないと思われた。

「デルアもそのようなことには絶対にならないからと言うので、俺は許してしまったんだ」

しかし二人は愛し合い、子どもまで儲《もう》けてしまう。

魔界にそのことが伝わると、大変な騒ぎになった。約束を破って人間と契《ちぎ》り、婚約者のサリハをないがしろにしたのである。しかもサリハは、魔王の孫だった。

魔王家の者より人間を選ぶという侮辱《ぶじょく》的な行為に、魔王は怒ってすぐさま魔界へ戻るよう命令を下した。

もちろん帰りたくないとデルアは拒否したが、魔族が魔界と縁を切って人間界で暮らしていけるものではない。

年老いたエミエルア王の精気では、魔力の維持をするには足りない。かといって、魔界に戻って補給することも出来なくなり、次第《しだい》にデルアの身体が弱っていく。

このまま人間界に居続ければ、デルアは魔力を失い消えてしまう。デルアが消えれば王も倒れ、王国は他国から攻め込まれて同じく消える運命だ。

せめてミルフィアが大人になるまでは生きて、王と国を守りたい。それには少しでも魔力を永《なが》らえるために魔界へ戻り、そこから魔力を送り続けようとデルアは考えた。

「魔界に戻ったデルアはボロボロだった。魔力を取り戻すには魔王の許しを得るか、俺のような上級魔族と交わればいいのだが、エミエルア王を愛しているからと拒否したんだ。そしていずれ、エミエルア王とともに死界へいくのだと言った」

サリハは老いぼれの人間を選んだデルアとエミエルア王。そして二人の間に授かったミルフィアなど消えてしまえと思うほど憤った。

しかし、

「魔界から人間界へ必死に魔力を送り続けるデルアの姿を見ていたら、俺の気持ちが変化してきた。美しい髪が抜けおち、肌は黒ずみ、這うようにしか動けなくなっても、王とおまえを守ろうとしている。いつしか俺はあいつと一緒になって、おまえの成長を楽しみに見るようになっていた」

「見ていたの？」

「たまにね。国とエミエルア王を守るために、ほぼすべての魔力を使っていたから、ここを覗く余力がデルアにはない。だから俺の力でたまに見せてやってたんだよ。それで一緒に見ているうちに、成長していくおまえが好きになったってこと」

好きという言葉を聞いてミルフィアの顔が熱くなる。

「では……わたしと結婚してもいいのね？　あ、でも、魔王様は許して下さるかしら。それに、国を守る魔力ってそんなに大変なの？　サリハは今大丈夫なの？」

自分と一緒になることでサリハが死んでしまっては嫌だ。

「魔王は孫の俺には甘いんだ。そして俺は、魔王直系の上級魔族だから、普通の魔族の数倍も魔力を持っているんだぜ」

自慢げに答える。

「それなら大丈夫なのね？」

「ああ。極上に美味《うま》いおまえの精気があれば楽に国を守れるし、いくらでもここにいられるよ。だが……」

そこまで言うと、サリハはがくっと膝を折った。

「だめだ……精気が切れて、力が入らなくなってきた……」

ずるりと崩れ落ちるように床へ倒れる。

「サリハ！」

ミルフィアは驚いて台座から降り、床に転がるサリハに寄り添う。

「魔王の孫とはいえ、精気不足のまま魔界とここを往復するのは、ちょっと無理があったようだ。力が抜けて動けない」

「ごめんなさい。わたしのせいだわ」

「謝らなくてもいいから、とにかく、吸わせてくれよ。結婚でもなんでも、してやるから」

息も絶え絶えに訴えた。

「え、ええ。わかったわ。いいわよ吸って」

好きにしていいとサリハの横に座る。

「これ以上動けない。おまえから吸わせてくれ」

「わたしから？」

「指一本動かせないんだ。だから俺の口に入れてくれよ」

自分から胸を露わにして乳首をサリハの口に入れろということらしい。

「入れる……！」

想像しただけで顔から火が出そうなほど恥ずかしい行為だ。そんなことを自分からするなんて絶対に無理だと思う。

しかし、

「あぁ……魔力が尽きて死んでしまいそうだ……」

彼の呻《うめ》き声を聞き、ミルフィアはうろたえる。サリハの顔色は見るからに悪くて、このままだと本当に死んでしまいそうだった。

（嫌よそんなの！）

サリハが消えてしまうなんて、魔界に帰ってしまうよりも耐えられない。それを防ぐには、自分が一時の恥ずかしさをこらえればいいだけなのだ。

「わかったわ……」

ひとつ深呼吸をすると、胸を飾るリボンを解いた。その下にある紐を引っ張ると胸元が緩む。頬を染め、震える指先でコルセットの襟を開いたら、左側の白い乳房が外に飛び出た。

（きゃあ……）

自分で出したのだけれど、叫んでしまいたいほど恥ずかしい。でも我慢しなくてはと、羞恥《しゅうち》をこらえて彼の顔へと屈み込む。

なのに、

「それでは……ダメだ……」

駄目だしをされてしまう。

「え……?」

「精気を集めて……吸いやすくしてくれ」

出したばかりの乳首はくにゃくにゃで、乳房の中に陥没した状態である。これを勃たせ、精気を集めるために感じるように自分で弄れという。

「あの……」

それは恥ずかしすぎて出来ないと訴えようとしたが、サリハは辛そうに目を閉じてしまった。

「どうしよう」

彼の唇が紫色になっている。呼吸も弱くて、顔は白蠟《はくろう》色だ。もう魔力がほとんど残っていないのかもしれない。

(や、やらなくては……)

意を決し、親指と人差し指で自分の乳首を摘んだ。

「うぅ……」

恥ずかしさと同時に、触れたことで淫らな感覚が襲ってくる。羞恥に苛まれながらも、そっと指の腹でやわらかな乳首を擦った。

「くっ……はぁ」

朝から何度も欲情していた身体は、少し弄《いじ》っただけで強く感じる。指の間にあるそれがすぐさま硬く尖ったのが見なくてもわかった。

精気を集めるためには、感じさせてもっと硬くしなければならない。

(こうすればいい？)

更に指の腹で擦り合わせると、

「んっ、あぁっ」

痺れるような快感が胸から伝わってきた。しばらく続けると、官能の熱がそこを中心に膨らんでいくような感じがしてくる。

(ああ、恥ずかしい色に……)

薄紅色だった乳首は、サリハに弄られた時と同じように、赤く熟した果実の色になっていく。

自分で自分の乳首を弄っている。父王が亡くなる前までのミルフィアには、考えられない淫らではしたない行為だ。でも、そこからもたらされる快感は、手を止めるどころか、もっと強く擦ってしまうほど気持ちがいい。

とはいえ、こんなことをずっとしているわけにはいかない。目的を果たさねばと、快感に流されそうになる自分を抑えて手を離す。

（こ、このくらいでいいかしら）

つんと勃ったそれは、適度な硬さになっていた。

左の白い乳房を両手で持ち上げ、紅色に染まった乳首をサリハの唇に近づける。乳首の先が彼の唇に触れると、どきどきした。

「ん……っ」

ミルフィアの乳首に気づいたのか、呻《うめ》き声とともにサリハの唇が開く。ここに入れろという風に舌が誘っていた。

（ああ……恥ずかしい……）

羞恥で真っ赤になりながら、左の乳首をサリハの開いた唇に差し挿れる。

「はぁ……」

濡れた温かい舌が乳首の先端に触れ、じんっとするような官能の熱が伝わってきた。やわらかな唇に挟まれて、指で擦るのとは違う種類の快感に、吐息混じりの声を漏らす。

ゆっくりと乳首に絡みつき、ねっとりとした快感を運んでくる。

「あぁぁ、んっ」

舐めまわされる刺激に、初心《うぶ》なミルフィアは思わず声を上げてしまった。サリハの舌は
ミルフィアの乳首をしばらく舐めたあと、力を取り戻したのか吸い付いてくる。

「ひぁっ……ん」

彼にそこを吸われると、頭の芯まで痺《しび》れた。塔の中にミルフィアの喘ぎ声と、サリハが
乳首を舐めしゃぶる淫らな音が響き渡る。

「はぁ……サリハ、元気に……なった？」

次第に吸い付きが強くなっていくサリハに問う。

「少しだけね。でもまだまだだ」

ともう一方の乳首に吸い付いた。

ミルフィアの感じる場所のすべてをサリハが吸う。意識が遠くなってしまいそうなほど、
強い快感に翻弄《ほんろう》された。

いつの間にか上半身は剝き出しで、下着のドロワも取り払われている。仰向けに寝てい
るミルフィアの膝裏を持ち、

「ここに俺を挿れて、完全に元気にさせてくれよ」

舐められて蜜まみれになった秘所に、彼が自身を押し付けた。以前のミルフィアなら、犯されるのは屈辱感が強すぎて嫌だと口にしただろう。けれども今は、愛しい人と一緒になれる幸せと、そこに受け入れてもたらされる官能に期待が膨らんだ。

「ええ……サリハを挿れて……」

恥ずかしさはあるけれど、素直に要求を伝える。

「俺が好きか」

問いかけながら熱棒でミルフィアの秘所を押し開いた。

「す、好きよ。あ、あぁっ……」

挿入《はい》ってくる彼に感じながら答えると、ぐじゅっという水音とともに熱くて太い彼のそれが奥へと進んでいく。

「俺も好きだよ。誰よりも愛している。ここでも魔界でもずっと一緒にいような」

ミルフィアの身体を抱き締め、愛の言葉を囁《ささや》いた。

「魔界……？」

幸福感と快感に襲われながら問い返す。

「俺とおまえの子どもが大きくなったらこの国は任せて、二人で魔界へ行こう。おまえはいずれ魔王の妻だ」

嬉しそうに腰を揺すった。

「はうんっ、サ、サリハは、魔王に……なるの？」

甘い声を上げながら聞く。

「うん。まあ早くて千年後くらいかな」

「せ、せんねん？」

「魔王の寿命は人間界で言うと八百年から二千年ほどだ。俺の父が次の魔王になり、その後だからな」

と言われる。

「あの、でもわたし、そ、その頃はもう生きていないと……」

「大丈夫だよ。俺と契れば、魔界でいつまでも生きていける。それに、おまえには魔族の血が半分流れているから、このまま歳を取ることもない」

嬉しそうに突き上げながら答えた。

「あぁんっ、そ、そうなの？」

「ああ。何百年も何千年も、こうして愛し合おう」

サリハはミルフィアの中に熱い愛を注ぎ込むまで、何度も言った。

7　王女は淫魔と未来を誓う

エミエルア八世の崩御《ほうぎょ》からひと月後。

王国では国葬がしめやかに執り行われる。国民を守り、平和を維持し続けた偉大なる王の柩《ひつぎ》を、人々は涙で見送った。

エミエルア王家の墓は、王宮のある場所から一番離れたところにある山に作られた神殿の中にある。墓所《ぼしょ》に埋葬された歴代の王達は、そこから国と民と王宮を見守ると伝えられていた。

豪華な装飾を施《ほどこ》した王の柩は大きくて重い。山裾《やますそ》から墓所まで続く階段を運ぶのは大変な作業になる。しかし、王を思う人々が少しでも見送りに参加したいと階段に居並び、柩を運びあげてくれたため、あっという間に白い柱が支える神殿前へ到着した。

「皆がお父様をこれほどまでに思ってくれて……」

葬儀《そうぎ》が始まってからずっと涙を流していたミルフィアは、更に多くの涙を青い瞳に溢《あふ》れさせる。

「本当にな……。年老いても俺から婚約者を奪い取るほどの魅力があった男だけある」

隣でサリハが皮肉っぽく言った。

「サリハったら……」

荘厳《そうごん》な葬儀の席でなんてことを言うの、と見上げる。王族の男性用喪服である銀の房飾《ふさ》りがついた濃紺の長い上着を身に着けたサリハは、いかにも他国の王子でミルフィアの婚約者という威厳《いげん》を漂わせていた。

「おまえの父親でよかったよ。もし今も生きていて他人だったら、おまえを取り合わなければならなかった。まあ、俺が勝つとは思うが、大変な戦いになっただろう」

少しだけ片眉を上げていたずらっ子のように笑う。

「まあ……」

呆れたけれど、彼の言葉が父王に対する最大の賛辞であることは、ミルフィアにもわかる。自信家で傲慢《ごうまん》なサリハは、他人を自分と同列に並べることなど決してしないのだ。

「ほら、最後の別れをしっかりやってこい」

軽く背中を押される。

「ええ……」

ドレスの裾を左手で持ち、右手に宝石をちりばめた鞘《さや》に入った剣とエミエルアの国花である紫の花を抱えて歩き出す。水色の生地に銀の飾りをふんだんにあしらった大葬《たいそう》用のドレスは、ミルフィアが一歩進むごとにシャララと音を発した。それがなんとも悲しい音として神殿に響き渡り、参列者の涙を誘う。

柩の前に到着すると、ミルフィアは跪《ひざまず》く。白い大理石で作られた献花台に剣と花を供えると、長い睫毛《まつげ》を閉じた。

それまでミルフィアの瞳に溜まっていた涙が、ほろほろとドレスに落ちる。

「お父様……。長い間エミエルアを守り、わたくしを育てて下さり、ありがとうございました」

深く頭《こうべ》を垂れたまま、父王を送る言葉を述べた。

「亡きお母様やお祖父様方と、天上界でごゆるりとお過ごしくださいませ」

そこまで言うと、ミルフィアは顔を上げて閉じていた瞳を開く。先ほどまで溢れていた涙はなくなり、きりっとした表情で柩を見据えた。

「これからは、わたくしにお任せください。エミエルアはわたくしが守ります。よき伴侶《はんりょ》も得ることが出来ました。必ずや幸せな国にいたします」

よく通る大きな声で弔辞《ちょうじ》と決心を告げると、参列者達から拍手が起こる。

拍手とミルフィアの弔辞はさざ波のように階段にいた人々に伝わり、ついには国中に広がっていった。


王家の墓に柩が安置され、葬儀の儀式がすべて終了すると、

「ミルフィア王女様。サリハ王子様。急ぎお着替えくださいませ」

葬儀委員長である宰相《さいしょう》から指示がなされる。

これから王宮で、ミルフィア・エミエルア女王の戴冠式《たいかんしき》が始まるのだ。

輝く布地に黄金の糸で刺繍《ししゅう》を施し、宝石を夜空の星のごとくたくさん縫い込んだ煌《きら》びやかで荘厳なドレスをミルフィアは身に着ける。首周りに立てられた襟の部分まで宝石がちりばめられていた。

「なんとお美しい！」

着替えを終えたミルフィアを見てルカが感嘆の声を上げる。

「さあ、まいりましょう」

戴冠式は王宮の大広間で行われる。そこへのエスコート役はルカだ。

「待ってちょうだい。このドレスは重いから、そんなに速く歩いたら転んでしまうわ」

「大丈夫です！　僕がついていますから安心してください」

ミルフィアの手を握って自信たっぷりに言う。以前どこかで聞いたことがある言葉だわと心の中で思いながらルカを見る。

サリハが戻って来てもルカは元通りのままで、それも不思議なことであった。ミルフィアがサリハと心から結ばれたことにより、ルカも諦めがついて憑《つ》き物《もの》が落ちたのかもしれないと宰相が分析している。

とにかく、これから自分は女王になるのだ。そしてルカではなく、もっと頼もしい人が側についていてくれることにほっとする。

（ごめんなさいねルカ）

従者としてはいい人だけれど国を支えられる人ではないと、大広間の扉を開けるよう命じているルカを見て思う。

クリスタルの照明が眩《まばゆ》い光を放ち、豪奢《ごうしゃ》な飾りと荘厳な音楽に迎えられて、ミルフィアは大広間に入った。

正装の貴族達が大勢居並び、その奥にある壇上《だんじょう》へと進む。

壇上への階段に着くと、すっとルカが手を離して膝をついた。

ここからは一人で上るよう促される。

壇上には、エミエルア王家の紋章と紫の大きな宝石がはめ込まれた国王の椅子が置かれていた。その右側には宰相と大神官。左側には国賓《こくひん》の代表として、婚約者でありリシリアフの王子ということになっているサリハが立っている。

ミルフィアはゆっくりと階段を上り、かつて父王が座っていた椅子に向かった。臙脂《えんじ》色のビロードが張られた座面に腰を下ろすと、宰相が戴冠式の始まりを宣言する。

大神官の長い長い祝詞《のりと》と話がなされ、いくつもの誓いの言葉を述べさせられた。

堅苦しく長い儀式に、以前のミルフィアなら少しうんざりしたかもしれない。しかし今のミルフィアは違う。

古くからの作法に則《のっと》って、きちんと戴冠式を行えることに嬉しさと感謝を覚え、これから女王になるのだと身の引き締まる思いでいっぱいだ。

すべての誓いの言葉が終了すると、宰相から大神官へと王冠が手渡される。サリハが反対側から手を添えて、ミルフィアの頭上に王冠が載せられた。

その光景は、歴代の戴冠式の中でも、一、二を争う華やかで美しいものとなる。後に戴冠式の絵は国内に配布され、国民のほとんどの家に飾られた。

大広間に歓声と拍手が沸きおこり、音楽が一斉に鳴り響く。

戴冠式後ミルフィア女王は、

『誰もが愛し愛され、幸せに暮らせる国にする』

という初勅《しょちょく》を出した。

王宮広場に詰めかけた人々から同意の歓声が上がり、若く美しい女王の誕生に、王国の未来が輝かしいものになったと喜ぶ。

戴冠式が終わると、続いて結婚式となった。

ミルフィアは威厳を漂わせる荘厳な女王のドレスを脱ぎ、王女の頃のような可愛らしい花嫁のドレスに身を包む。

臙脂色の軍服に華やかな金モールの飾りをつけた凜々しいサリハに手を取られ、王宮殿に併設されている神殿に向かった。

「未来永劫《みらいえいごう》お互いを伴侶として愛することを誓います」

と、エミエルアの守り神に永遠の愛を誓う。

式の後、王宮の大広間で開催された宴《うたげ》で二人はダンスを披露した
かつて、ミルフィアが嫉妬《しっと》するほど練習をした甲斐があり、サリハは完璧にエスコート

してくれる。
二人の踊る姿は誰もがため息をついてしまうほどに美しく、そして幸せそうだった。
こうして王国は、新しい時代を迎えたのである。

終

「ねえ見て、まだ踊っているわ」

寝室の窓から王宮広場を見てミルフィアが言う。

「朝まで踊っているんだろう。お祝いだからな」

光沢のある臙脂《えんじ》のマントを外し、サリハは長い足を長椅子に投げ出して寝そべった。広場から即位と結婚を祝う歌と踊りの歓声が聞こえている。

「さすがに疲れた……」

艶のある黒髪を垂らし、ふうっと息を吐く。

葬儀《そうぎ》と戴冠式《たいかんしき》と結婚式を一日で済ませたのだから、疲れるのは当然だ。

本来なら三日以上かけるのだが、国内外がまだ安定していないのに儀式に時間や費用をかけていられない。とりあえず必要な儀式を詰め込み、一日で済ませたのである。

「全部を無事に終えられたのも、サリハのおかげだわ」

ミルフィアが夜寝ている間に、サリハが一日ですべてを終えられる手順を考えてくれたのだ。髪飾りや装飾品を外しながら、感謝の目を向ける。

「上手《うま》くいってよかったな。おまえも疲れただろう」

切れ長の黒い目を向ける。

「ええ。もうくたくた」

外した宝飾品を、侍女が箱に入れて寝室から持って出ていく。

「今夜はもう休むわ。サリハはどうするの？」

魔族であるサリハは、夜寝るということはしない。しかしながら、普段寝ている昼間にずっと起きていたのだから徹夜しているのと同じだ。彼の寝そべる長椅子の側まで行って問いかける。

「俺は寝ないよ。こんな時間に寝たら調子が狂う」

「そう。それならわたしだけ休ませてもら……」

寝台へ行こうとしていた身体が、長椅子に引き寄せられた。同時に、寝室と居間の間にある扉が閉まり、勝手に鍵がかかる。

「サリハ？」

「寝る前に吸わせてくれよ」

いいだろう？　と見上げられた。

「あ……ええ……」

頬を染めて長椅子の横に膝をつく。

サリハの顔の高さに胸が来るようにかがんだら、

「ちがう」

むっとした顔で首を振られた。

「初夜なんだから一番美味《うま》い精気《せいき》を吸わせろ」

「一番美味い？」

「そう。ここから」

ミルフィアの唇を指差す。口づけをしてくれということらしい。ミルフィアから口づけをされると、美味《おい》しい精気を吸うことが出来ると以前武器庫で言われたのを思い出す。

「わかったわ」

笑みを浮かべてサリハの顔に自分の顔を近づける。ゆっくりと彼の形のいい唇に自分の唇を重ねた。

「ん……」

唇からサリハの体温が伝わってくる。ミルフィアの後頭部に手を回してきて、更に深い口づけとなった。

開いた唇から口腔に彼の舌が侵入し、ミルフィアの舌と絡まる。たったそれだけで、ぞくっとするような快感が背筋を駆け上がった。

(気持ちいい)

疲れていることもあり、濃厚な口づけに意識がぼうっとなる。でも、胸元に彼の手を感じてはっとした。

口づけを続けたまま、豪奢《ごうしゃ》な婚礼のドレスの胸元が緩められている。

婚礼の儀式を終えてから宴で何度もお色直しをし、最後に着ていたドレスはサリハが選んだものだった。

花びらを何枚も重ねたようなシフォンの襟《えり》を持ち、煌《きら》めく布地で仕立てられた清楚で可愛らしいドレスだが、胸元の花飾りを外すと、肩から襟と袖がするりと外れるようになっている。

(このために選んだわね……)

露わになった胸を揉み始めたサリハに、唇を離したミルフィアは困った人ねという目を向けた。ふふんという顔でミルフィアの視線を受け取ると、サリハは顔を下げて乳房に舌を這わす。

「あ……んんっ」

すでに口づけだけで高まっていた身体は、乳首を舐められただけで強く悶えてしまった。

「こっちも美味いな」

嬉しそうに言うと、二つの乳房を持ち上げて交互に舐めまわす。

「はぁんっ、ね、ねぇ……す、吸わないの？」

「まずはゆっくり味わう」

硬く勃《しこ》ったミルフィアの乳首に長い舌を巻き付けたり、先端をつついたり、時には甘噛みしたりした。

「はぁ……ふっうぅんっ」

むずむずするような快感を与えられて、身悶《みもだ》えながら喘いでしまう。

（いつまで舐めているのかしら……）

感じるけど長く嬲《なぶ》られるのは恥ずかしい。しかも、身体の芯から疼《うず》くような熱が発生してきた。

（ああ……どうしよう）

これまで何度も淫《みだ》らに交わってきたとはいえ、結婚したばかりで自分のはしたない身体の状況を訴えるのは憚《はばか》られる。

もっと強い刺激が欲しいともじもじしていたら、サリハの手がするりとドレスの中に入ってきた。

素早くドロワの紐を解くと、後ろから撫でるようにミルフィアの尻に触れる。

「あ、あの、サリハ……なにを？　す、吸うだけではないの？」

ゆっくりと尻を撫で始めた彼に問う。

「ん？　吸うよ。ここも一緒にね」

尻を撫でていた手を秘部へ滑らせた。

「あぁっ！」

敏感な花唇を撫でられて、ミルフィアは首を反らして声を発する。

「濡れている。たっぷり感じている証拠だね。いつにも増して美味いよ」

指は花唇を割り、くちゅっという音を立てて中へと侵入した。蜜壺の中を探りながら、再びミルフィアの乳首を舐める。

「はぁっ、ふぅうん、だ、だめ……ぇ」

「だめと思えないほど俺の指を締めつけているが？」

指を抽挿させて笑う。

「ん、だから、感じ過ぎて……ぁあんっ、い、達っちゃう……」

淫魔の魔力のせいではないかと思われるほど、サリハの指が感じる。

乳首をたっぷり刺激されていたために官能が高まっていた身体は、指だけで頂点へ達《い》ってしまいそうだった。頂点を目指して震える身体に気づいたサリハは、

「おっと。ひとりで先に達くなよ」

すっと指を抜いてしまう。

「えっ？　きゃぁっ！」

身体がふわっと浮き上がり、彼の股間を跨《また》ぐ格好で下ろされる。いつの間にか取り出された熱棒が、ミルフィアの秘所に突き刺さった。

「あぁっ！」

身体が下へ落ちていくと、蜜壺へと彼の熱棒が挿入される。

「はぁ……す、すごい……感じる」

「ああ。俺も感じるよ。今までで一番いい」

サリハが身体を起こし、ミルフィアと向き合う形になる。自分の体重で深くサリハを受け入れているため、少しの突き上げで蜜壺の感じる最奥を刺激された。

「はぁ、はぁっ、も、すごすぎて、おかしくなりそう」

「もっともっと感じろ。朝までずっとこうしていよう」

「あ、朝までって……。吸ったら、寝かせて、くれる……って……」

あれは嘘なのかと喘ぎながら問いかける。

「初夜なんだから、寝かせないことにした」

笑いながら呪文を唱え、突き上げで揺れるミルフィアの乳首に吸い付いた。

「ひぁあぁぁんんっ！」

精気を吸われて、強い快感が身体中に伝わる。サリハを受け入れている蜜壺が熱く滾《たぎ》り、蕩《とろ》けそうな官能に襲われた。

「愛している。未来永劫おまえだけを愛すると誓う。ずっと一緒にいよう」

サリハはミルフィアの身体を抱き締めて告げる。

「ええ……わ、わたし、も……っ」

甘い愛の言葉に、身体だけでなく心も蕩けてしまいそうだとミルフィアは思った。

十数年後、二人の子どもが王国の跡継ぎとなる日まではここで、そしてその後は魔界にて、ミルフィアは数千年にも及ぶ時間を、サリハに抱かれながら幸せに過ごすことになるのである。

あとがき

こんにちは、しみず水都《みなと》です。ティアラ文庫さんでは三冊目となる私の本をお手に取って下さり、ありがとうございます。

今回のお話は、小国の王女が父王を亡くし、周りの国から攻め込まれて窮地《きゅうち》に陥《おちい》ってしまうところから始まります。やむをえず父王の遺言《ゆいごん》通り魔物に助けを求めたところ、淫魔の血を引くエロ魔族がやってきてしまい、助ける報酬に要求されたのは……。何を要求されたのかは、ティアラ文庫の読者のみなさまには予想がつくと思います。ええそうです。そういうことです！

予想がつかない方は、とりあえずお読みくださいませ。もちろん予想のつく方もじっくりとどうぞ！　読み終えてしまった方は、心の中でニヤリとしてくださいね。ピンク色のファンタジー・ロマンスの世界をお楽しみいただけたら幸いです。

今回は、プロットを提出してから原稿が完成するまで、なんと一年以上もかかってしまいました。なぜこんなに遅くなってしまったのかというと………まとまって書く時間が取れなかったという単純な理由です。ファンタジーの世界は、他の原稿と並行して書くのが私には難しくて……。へたれですみませんっ！

というわけで、とくに締切を設定せず連絡もしていなかったので、担当様には忘れられていたようです（無理もない……）。すごく忙しい時期に突然初稿を提出してしまい、困ってらっしゃいました（汗）。

その後改稿もかなりかかってしまって……いえ、改稿そのものは大した時間はかからなかったのですが、その時間を作れなくて（重複言い訳）。

でも、書いている間も改稿している間も、そして完成稿を読んでいる間も、とても楽しかったです。是非《ぜひ》皆さまにも読んでいただきたく、担当様には最後にもうひと迷惑をおかけして発刊予定を取ってもらいました。

次回からはきちんと締切を設定して、さくさく書き上げます！

ご感想や励ましのお手紙。お葉書。メール等、ありがとうございます。次の本を楽しみにしていて下さった方、お待たせいたしました。皆さまの励ましに力を得て、今回も本を出せましたです。

イラストを担当して下さった早瀬あきら先生。今回もお引き受け下さりありがとうございます。ミルフィア王女の可愛い姿を先生の絵で見ることができて、大変幸せです。もちろんあんなこんなな姿も楽しみにしています。

担当してくださった編集様、忙しい時に本当に申し訳なかったです。次回からはしっかりスケジュールに組み込みますので、今後ともよろしくお願いいたします。

そしてなにより、読んで下さった読者の皆様！　本当にありがとうございます。今回はファンタジー色が若干強めでしたが、いかがでしたでしょうか。

ご意見ご感想をお聞かせいただけると嬉しいです。またティアラ文庫さんでお会いできる日を楽しみにしておりますので、応援よろしくお願いいたします。

しみず水都

魔界王子《まかいおうじ》とプリンセス

ティアラ文庫をお買いあげいただき、ありがとうございます。
この作品を読んでのご意見・ご感想をお待ちしております。

✦ ファンレターの宛先 ✦
〒102-0072　東京都千代田区飯田橋3-3-1
プランタン出版　ティアラ文庫編集部気付
しみず水都先生係／早瀬あきら先生係

ティアラ文庫WEBサイト
http://www.tiarabunko.jp/

著者——しみず水都（しみず　みなと）
挿絵——早瀬あきら（はやせ　あきら）
発行——プランタン出版
発売——フランス書院
〒102-0072　東京都千代田区飯田橋3-3-1
電話（営業）03-5226-5744
（編集）03-5226-5742
印刷——誠宏印刷
製本——若林製本工場

ISBN978-4-8296-6634-0 C0193

✿原稿大募集✿

ティアラ文庫では、乙女のためのエンターテイメント小説を募集しております。
優秀な作品は当社より文庫として刊行いたします。
また、将来性のある方には編集者が担当につき、デビューまでご指導します。

募集作品

H描写のある乙女向けのオリジナル小説（二次創作は不可）。
商業誌未発表であれば同人誌・インターネット等で発表済みの作品でも結構です。

応募資格

年齢・性別は問いません。アマチュアの方はもちろん、
他誌掲載経験者やシナリオ経験者などプロも歓迎。
（応募の秘密は厳守いたします）

応募規定

☆枚数は400字詰め原稿用紙換算200枚～400枚
☆タイトル・氏名（ペンネーム）・郵便番号・住所・年齢・職業・電話番号・
メールアドレスを明記した別紙を添付してください。
また他の商業メディアで小説・シナリオ等の経験がある方は、
手がけた作品を明記してください。
☆400～800字程度のあらすじを書いた別紙を添付してください。
☆必ず印刷したものをお送りください。
CD-Rなどデータのみの投稿はお断りいたします。

注意事項

☆原稿は返却いたしません。あらかじめご了承ください。
☆応募方法は郵送に限ります。
☆採用された方のみ担当者よりご連絡いたします。

原稿送り先

〒102-0072　東京都千代田区飯田橋3-3-1
プランタン出版「ティアラ文庫・作品募集」係

お問い合わせ先

03-5226-5742　　プランタン出版編集部